# LES PETITS BALS PERDUS

Né en 1945 à Paris, parolier et chanteur, Pascal Sevran a animé l'émission « La Chance aux chansons » de 1984 à 2000. Son premier roman, *Le Passé supplémentaire*, est paru chez Olivier Orban en 1979 et a obtenu le prix Roger-Nimier. Pascal Sevran est l'auteur d'une quinzaine d'ouvrages, dont son journal intime en plusieurs volumes. Il est mort à Limoges le 9 mai 2008.

*Paru dans Le Livre de Poche :*

DES LENDEMAINS DE FÊTES

IL PLEUT, EMBRASSE-MOI

LENTEMENT, PLACE DE L'ÉGLISE

LA MÉLANCOLIE DES FANFARES

SOUVENIRS PARTICULIERS

TOUS LES BONHEURS SONT PROVISOIRES

UN GARÇON DE FRANCE

VICHY-DANCING

LA VIE SANS LUI

PASCAL SEVRAN

# *Les Petits Bals perdus*

JOURNAL IX

ALBIN MICHEL

ISBN : 978-2-253-13438-1 – 1re publication LGF

*À mon ami le professeur Bernard Descottes*
*pour tout ce que lui et moi savons.*

*Au professeur B. qui sait mon amitié indéfectible*
*et ma gratitude.*

*À Jacqueline et à Serge.*

*Morterolles, 16 novembre 2006*

Midi. On me livre un bouquet d'orchidées sans nom ni adresse. Je déteste les orchidées, mais j'aurais malgré tout remercié la bonne personne qui pensait m'être agréable. Des fleurs anonymes, c'est mieux que des injures. Ma mère juge scandaleuse ma bouderie devant les orchidées. Pour elle, toutes les fleurs et tous les enfants sont beaux ; ce n'est pas vrai mais son regard témoigne des bons sentiments qui l'habitent.

Un couple de filles très attachées à moi, à mes trousses et discrètes malgré tout, vient de demander à la mairie de Saint-Pardoux s'il était possible d'acheter une concession près de la mienne au cimetière, « pour être près de vous ». Drôle d'idée.

Pas de nouvelles de Christophe Z. Je l'ai visité à la clinique François-Chénieux où il est hospitalisé pour des raisons très mystérieuses. Tout a mal commencé en soulevant une caisse de six bouteilles de vin. Il a le dos brisé, l'âme plus sûrement. C'est un très bon garçon, l'an passé nous étions à Jarnac sur la tombe de François Mitterrand et il y a un mois à Périgueux pour acclamer Nicolas S.

*Morterolles, 17 novembre*

Temps sale, tiède. Je me sens comme étourdi. Je vais faire une cure de un mois de Deroxat. Philippe est en train de lire les épreuves de *La Mélancolie des fanfares*. Quel repos de savoir qu'il me proposera quelques virgules et des points sur les « i » où ils pourraient manquer. Pierre S. et lui restent les deux témoins infaillibles de mes doutes.

Après je décide.

On l'appelait « Mamie » ou « la Bergère » autour de la gare du Nord, le soir venu, ou du côté de la place Saint-Sulpice. Il guettait la racaille, les petits tatoués qui ne savent pas lire. Lui, il écrivait des livres sous le nom de Roland Barthes, des livres savants, un peu trop pour les tapins de Saint-Germain-des-Prés. Il y aurait beaucoup à dire sur ces intellectuels qui dissertent sur le « discours amoureux » et s'en vont chercher des petits bouts de plaisir dans le blue-jeans des gigolos.

On en apprend de belles dans la biographie d'Hervé Algalarrondo, l'étrange mélancolie de Barthes qui cachait autant de désirs inavouables. « Tout à coup, il m'est devenu indifférent de ne pas être moderne », écrit-il, comme lassé de la vie de son temps, de ses étreintes de portes cochères, avant de s'en aller mourir sous une camionnette.

*Morterolles, 18 novembre*

Au nom de l'« intérêt supérieur de l'enfant », monsieur Jean-Marc Nesme déclare inconcevable l'adoption par des couples homosexuels.

Qu'en sait-il, ce gros malin ? Est-il tellement sûr qu'un couple d'hétéros soit garant de « l'intérêt supérieur de l'enfant » ? On a presque honte de devoir rappeler à ce génial député UMP qu'un père et une mère ne constituent pas immanquablement l'« intérêt supérieur de l'enfant ». Madame Badaoui, par exemple, cette bonne madame Badaoui, qui organisait des sauteries charmantes avec monsieur Delay son mari ; un vrai couple hétéro, non ? Tous les parents du monde ne violent pas leurs enfants en réunion mais beaucoup trop s'amusent avec eux, les tuent, en font leurs esclaves. Chaque matin, on lit de ces horreurs à la page des faits divers des journaux, chaque matin on a des nausées en découvrant ce que vivent des enfants aux mains de leurs propres parents. Des couples « normaux » ! Un homme, une femme, un homme, une femme, un homme, une femme, ainsi de suite et autant de bébés à venir en danger de mort. Assez ! L'« intérêt supérieur de l'enfant », monsieur le député, c'est l'amour, et l'amour, monsieur le député, ce n'est pas vous qui en décidez.

*Morterolles, 20 novembre*

La femme du Duc est toute contente d'avoir acheté à la foire de Bessines un bracelet chinois censé guérir de tous les maux selon qu'on le porte au poignet gauche ou droit.

Paucard m'adresse une carte postale représentant les croquis des projets architecturaux de monsieur Émile Aillaud, ami intime de Pompidou, auteur d'un essai sur « la poésie des grands ensembles », un cuistre à qui l'on doit les tours Picasso de Nanterre et autres joyeusetés du même acabit. Paucard, qui traque les malfaisants, et sait tout sur leur compte, me précise que le sieur Aillaud habitait un hôtel particulier du dix-huitième siècle rue du Dragon. « Comme tu le vois, cher Pascal, ajoute-t-il dépité, le projet de faire habiter aux architectes les immeubles qu'ils ont construits est une urgente nécessité qui n'est hélas pas pour demain. »

Feu ce bon Georges Pompidou, adorateur de l'art moderne, et qui nous a laissé un tas de ferraille peinturlurée au cœur du Marais, habitait à deux pas de chez moi, quai de Béthune, le comble de l'avant-garde comme chacun sait.

*Morterolles, 22 novembre*

Ce testament que la mort de Stéphane me fit reprendre d'urgence comprenait une liste d'héritiers de mes intimes et de ma famille, une quinzaine environ, qui méritaient, me semblait-il, un signe de ma reconnaissance. Quel désastre quand même que nos familles et nos amours. Si un accident m'était arrivé, tous ces infidèles, ces salopards qui ont volé mon âme et se sont envolés, rouleraient sur l'or et dîneraient à mes frais dans les relais-châteaux les plus huppés de France.

*Paris, 23 novembre*

Une femme s'est fait déchiqueter par ses quatre rottweillers qu'elle s'apprêtait à nourrir. Le sort malheureux de cette femme ne me tire pas une larme. Tant d'enfants meurent de faim partout dans le monde que je n'ai pas de chagrin en réserve pour les abrutis qui se font bouffer par leurs chiens.

*Paris, 27 novembre*

Il m'avait dit : « Oui, nous viendrons, j'ai arrangé l'organisation et la date avec Cécilia », et ils sont venus. Pierre Charon m'avait dit : « Vraiment il t'aime bien parce qu'il dîne rarement ailleurs que chez lui. »

Qui inviter avec ce couple si particulier et pas encore de mes intimes ?

Je voulais faire le plus simple possible, le plus amical. Julie, la voix d'Europe n° 1, mon amie si fine, Liane Foly, la chanteuse qui a beaucoup parlé, Sébastien Chenu, le jovial président des gays libéraux, Pierre et Dominique Charon et Jean-Christophe, mon neveu, qui aurait plaqué la plus belle fille du monde pour voir Sarko « en vrai ». Au dessert, Serge T. a fait de nous trois, Nicolas, Cécilia et moi, une photo magnifique. Pas de doute sur les sentiments que nous

nous portons, nos sourires en disent long. Je vais demander à Cécilia si elle accepte que je la fasse publier. Sera-t-il président dans six mois ? Je le souhaite de toutes mes forces.

*Morterolles, 1er décembre*

Le solitaire que je suis n'a pas la religion d'être coupé du monde. J'ai toujours eu une bande d'amis, assez restreinte en réalité, autour de moi. Cette bande est assez joliment composée : des gens de tous âges, beaucoup de femmes, des garçons comme on le sait, des gens qui sont fous de littérature et d'autres qui n'ont jamais ouvert un livre... Je peux me passionner une journée avec les travaux de l'un de mes jardiniers et dîner le soir avec Renaud Camus. C'est caricatural, mais cela ressemble à ma vie. Je ne veux pas m'enfermer dans un milieu. Je ne pourrais plus me passer de Morterolles et de la vie ici, en province, dans la lenteur et le silence. Même quand je suis seul à Morterolles, je me sens moins seul qu'à Paris.

Aujourd'hui, je me sens en très bonne forme, physique et morale, étrangement bien dans mon corps, dans mon âme, comme disent les coiffeuses. À Philippe au téléphone, je dis : « Je vais très bien, ça m'inquiète. »

*Morterolles, 2 décembre*

Ce journal n'échappera jamais à l'air du temps qui passe ou qu'il fait. De Gide à Matzneff, de Renaud Camus à Jouhandeau, chacun se plaint ou se réjouit, la couleur du ciel aujourd'hui n'a rien pour me plaire. Ce gris délavé, ce vent tiède, on nous annonce l'hiver le plus chaud depuis l'invention de la météorologie.

*Morterolles, 3 décembre*

À la télévision, on présente à grands renfort de tambours et trompettes un monsieur, la soixantaine bien sonnée, grand témoin d'un énième débat sur la délinquance. « Grand témoin », autrement dit héros des téléspectateurs éberlués que nous sommes.

Le présentateur :

– Résumons, vous venez de passer quinze ans en prison pour braquage, trafic de stupéfiants et viols sur mineurs. C'est bien ça ?

– Oui, c'est bien ça...

Tonnerre d'applaudissements, le grand témoin va parler, le présentateur est aux anges et le public entassé sur les gradins se lèche les babines.

– Tout ça, c'est la faute à la société et à mon père qui ne m'aimait pas.

Tonnerre d'applaudissements. C'en était trop, j'ai changé de chaîne.

Les gens du Nicaragua vont probablement réélire un certain monsieur Ortega, « socialiste révolutionnaire » qui, à ce titre, refuse le droit d'avorter aux femmes, y compris aux femmes violées. C'est à des détails charmants de ce genre que l'on reconnaît sans doute les vrais révolutionnaires, sauveurs des peuples opprimés. Soutenu par ses grands amis Castro et Hugo Chavez, héros légendaires de la démocratie, ce monsieur Ortega est donc un homme admirable. La merveilleuse gauche française est d'accord là-dessus, tout va bien dans le meilleur des mondes. Mais si les gens du Nicaragua réélisent ce monsieur Ortega, je me demande un peu de quoi je m'occupe.

*Paris, 4 décembre*

Tous ces noms inutiles sur nos agendas, que de prénoms oubliés... combien d'inconnus à l'adresse indiquée, au numéro de téléphone il n'y a plus d'abonné.

Les gens de nos vies déménagent tout le temps, ils n'ont que ça à faire, changer de rue, de département, de pays. Ils bougent pour bouger et sortent de nos vies sans nous en demander la permission. Ils ne savent pas se tenir tranquilles, on ne retient pas ses amis dans un carnet d'adresses, certains meurent, laissant la place à d'autres qui mourront aussi ou disparaîtront. J'écris leurs noms au crayon noir par précaution, non pas parce qu'ils vont mourir mais parce qu'ils ne nous aimeront plus très bientôt. Je ne me décide pas de gaieté de cœur à faire du ménage dans les souvenirs que ces noms et ces prénoms me renvoient, chaque fois que j'ouvre l'agenda de cuir noir où ils dorment, certains depuis longtemps. Une gomme suffit, elle est là dans le tiroir de droite de mon bureau. Je suis effaré ce matin par tout ce ménage qui s'impose si je veux me désencombrer des fantômes.

*Paris, 5 décembre*

On n'a jamais tout vu, on se croit averti des choses de la vie, de la fragilité de nos amours, et puis non, on ne sait rien ou presque. On a perdu quelques illusions, alors on s'attend au pire et c'est pire encore.

Les ahuris trouvent que cela donne du piquant à l'existence. Je ne le crois pas du tout. Je ne vois pas ce qu'il y a de piquant à découvrir chaque jour ce dont les hommes se rendent coupables. Je ne parle pas du réchauffement de la planète qui commence sérieusement à me chauffer les oreilles, ni même de l'épaisseur de la couche d'ozone (que l'on s'en occupe me paraît raisonnable, moi je m'en moque absolument), ce qui me rend fou de douleur et d'impuissance, ce sont les atrocités commises sur des femmes et des enfants de la moitié de la planète, des femmes et des enfants corvéables à merci, martyrisés, violés à la queue leu leu par des soldats ivres, des soldats de toutes les couleurs, de toutes les religions, des hommes qui se pavanent un fusil entre les cuisses et prennent le pouvoir en jouissant.

D'ici que la terre soit réchauffée, que le climat nous étouffe, nous aurons laissé mourir par millions des femmes, des enfants livrés aux barbares en toute impunité. Les apôtres exaltés du développement durable sont bien gentils, mais avant de nous promettre des catastrophes et autres cataclysmes, ils feraient bien de dénoncer plus haut et plus fort les génocides d'aujourd'hui, l'horreur partout, en Europe même.

*Paris, 12 décembre*

J'écrivais ceci le 24 septembre dernier, bien avant l'imprévisible ramdam que j'affronte depuis quelques jours :

« La tristesse ou la colère de mes proches quand on m'attaque ici ou là, si elle me touche, me fatigue aussi. Je voudrais qu'ils aient les nerfs aussi solides que les miens, qu'ils se fassent à l'idée que je ne suis pas en sucre, que l'on peut me cracher dessus. On salit le pape et l'on ne pourrait pas me brocarder ? M'insulter même ? On me rapporte avoir entendu sur telle radio, dans telle émission de télévision, des paroles assez basses. Si on cherche bien, on devrait pouvoir trouver pire sur Internet où l'on peut vomir sur qui l'on veut. Jouir aussi, me dit-on.

« Est-ce tellement grave ? Non, je ne "circule" pas sur le Net, je n'écoute que très peu la radio. Je suis ailleurs, à l'intérieur de moi. Les saloperies n'arrivent pas jusqu'à mon oreille. Ceux qui m'aiment doivent savoir cela.

« On m'a beaucoup embrassé, on m'embrasse encore. Je n'ai pas à me plaindre. Je ne réponds pas, je me tais, ma bouche collée à celle de Stéphane. »

*Paris, 10 janvier 2007*

C'est toujours elle qui tire la première, *La Mélancolie des fanfares* n'est pas en librairie depuis une semaine que déjà elle l'a lu et ses commentaires que je viens de recevoir à l'instant font ma joie. Cette fille-là n'est pas ordinaire.

« Ça m'a fait plaisir de vous voir à la télé ce midi. En plus, j'ai pu découvrir les visages de vos petits protégés, et il y a déjà de belles voix qui se profilent. *Do you want to play with me ?*, l'inscription sur l'un de vos sweats m'avait fait sourire. Et là je le retrouve dans votre livre. Ne me dites pas que vous ne saviez pas ce que ça voulait dire ? Oui, ça y est, j'ai fini de lire votre journal, mais je ne cesse de le prendre et de le reprendre, de me souvenir de certains passages, de certaines dates qu'apparemment vous avez dû rattraper au vol. La toute première phrase au 11 novembre commence avec le mot "cimetière", pour changer...

« "Ma vie quand elle ne va pas trop mal" : on fait ce qu'on peut pour vivre au mieux, mais pas facile tous les jours.

« J'ai lu votre livre un soir où un mal d'estomac épouvantable m'a "condamnée" à rester couchée au lieu d'être assise devant la télé. Pas plus mal. Sinon je n'aurais pas beaucoup avancé dans ma lecture, avec tous ces maths que j'ai à faire, et ces vacances qui, pourtant, n'en finissent pas, qui me donnent un tas de maux psychosomatiques parce que j'ai le temps de penser et de me pencher sur moi. Pénible. Bref, encore une fois, je vous admire pour la pertinence de vos propos.

« "Sa majesté Zidane", "le mariage, ça les occupe. Après ils divorceront, ça les distraira", c'est dingue de lire cela, j'ai l'impression que c'est moi qui vous ai dicté les mots. Il est des sujets qui reviennent régulièrement dans les conversations ; la politique (les journalistes sont décidément bien intimes avec les politiques pour les nommer "Ségo" ou "Sarko", pourquoi jamais Jacques, alors ?), ce fameux coup de boule de Zidane qui m'a fait monter sur mes grands chevaux et le pataquès qu'on a fait autour de son retour en Algérie et d'autres sujets que vous évoquez qui préoccupent les esprits. Je suis contente que quelqu'un d'autre que moi remarque que les joueurs de l'équipe de France font la gueule pendant l'hymne.

« 83 % de réussite au bac, vous avez raison, une connerie sans nom. Les profs sont obligés de mettre la moyenne à des élèves qui ne la méritent pas, et dire que cela va être mon futur métier... Là encore, où est passée la liberté ? Surtout que dans les études sup, la politique est inversée : les enseignants font un travail de sape, ils ont pour but de casser les étudiants, de les décourager, d'où les facs qui se vident en première année. 60 % de réussite en DEUG (par l'ancien système), 10 % en licence, et quant au concours que je passe, c'est 20 % de réussite ! Alors on se demande bien ce qu'ils font, les 83 % de bacheliers.

« Revenons au sport : vous dites que le foot n'est pas un sport où l'on trouve beaucoup d'homos (même aucun). Par contre, les joueurs, dirait-on, font tout pour les intéresser, les homos ! Lors de la Coupe du Monde, je m'exclamais sans cesse que décidément, pour les gays, voir onze mecs courir sur un terrain, transpirant, partant dans de grandes effusions orgasmiques à chaque but et se tirant sur les maillots par moments est un vrai spectacle sensuel ! Vous avez vu également le nouveau calendrier des rugbymen ? Certains maintenant sont photographiés avec un *jockstrap*. C'est devenu un calendrier pour les gays plus que pour les femmes désormais.

« 16 octobre, vous dites : "Mon anniversaire. Mon enterrement." J'ai beau le savoir, m'y attendre, mais rien à faire, ça me fait toujours un choc ce genre de phrase. Il est question de fleurs, on croit que vous allez mieux, un peu, et puis subitement la réalité nous revient en pleine face. C'est terriblement poignant.

« Coccinelle, je crois ne jamais vous avoir entendu parler d'elle. Et pourtant quand j'ai su qu'elle était morte, j'ai de suite pensé à vous. Le rapport ? Aucun. Ahurissant. Encore une vie particulière.

« Arcachon ! Je suis ravie que vous en soyez ravi, ou tout comme. Je vais là-bas depuis que j'ai trois ans et on y a un pied-à-terre. Mon père m'avait bien dit que vous iriez à l'Olympia. Et merde, je n'y étais pas ! Au moins cette ville semble ne pas vous avoir déçu. Le maire est mignon, hein ?

« "Un picotement dans la gorge et je préfère organiser mes obsèques." C'est tellement exagéré que ça en paraît d'autant plus révélateur de vos souffrances. Mais je comprends. Moi-même avec un élancement dans le ventre à Noël me voyais déjà en chimio avec un cancer généralisé. C'est le problème des gens qui sont trop confrontés à la maladie et à la mort dans leur entourage. Ils sont conscients que la vie peut s'arrêter demain ou aujourd'hui. Alors on vit comme on peut, et c'est peut-être nous qui vivons le mieux.

« Ravie aussi de vous savoir "contre les trente-cinq heures, cette maladie honteuse qui fait de la France le pays le plus fainéant du monde". Sans commentaires...

« Mais qu'est-ce que vous avez donc contre les chiens ? Les chats, on savait, mais les chiens... OK, ils pissent partout, mais qu'est-ce qu'on pourrait dire à certains hommes ?

« Vous réglez la question avec trois gigolos, vraiment il y en a qui ont de la chance !

« Il y a tellement de choses à dire sur ce que vous écrivez... Je vous laisse maintenant. Vous me redonnez toujours du baume au cœur dans les moments où ça ne va pas. »

*Paris, 24 janvier*

Dîner à la maison. Un de ces pique-niques que j'ai inventés depuis que j'habite l'île Saint-Louis. Renaud, mon infaillible copain, est venu avec madame, un bébé bien sage dans les bras. Renaud se met à la fenêtre en douce pour fumer : « J'en grille une petite », dit-il comme un gamin pris en faute. Officiellement, il ne fume plus, Bertrand D. non plus. France Gall vient ici pour la première fois. Elle qui a des maisons magnifiques est très impressionnée par la vue que l'on a depuis le canapé où elle dîne sur ses genoux en dévorant Paris des yeux. La lumière des bateaux-mouches dessine des arcs-en-ciel au plafond. Ambiance affectueuse autour de moi qui me repose du charivari.

Mes déclarations répétées d'attachement à Nicolas S. et mon amitié pour lui n'arrangent pas mes affaires. Si l'on croit que je vais me taire pour autant, on se trompe.

Elles énervent beaucoup de gens, mes relations « mondaines ». J'ai des relations en effet, mais pas mondaines ; de travail, de voisinage, de circonstances, de mœurs, mais pas mondaines. J'agace malgré tout, ils ne comprennent pas qu'on puisse avoir aimé, respecté François Mitterrand, avoir pour intimes Bertrand D. et Jack Lang et s'emballer pour Nicolas S. qu'il faudrait tenir pour un pestiféré. Les agacer m'amuse.

*Paris, 25 janvier*

Roland Dumas plus séducteur que jamais, rajeunissant à vue d'œil, dînait avec une brunette au salon de thé Le Flore en l'Île où j'étais moi-même attablé avec un jeune homme avenant. Sourires de connivence, embrassades, souvenirs du bon vieux temps. J'étais à table avec lui et François Mitterrand rue de Bièvre le soir où celui-ci le nomma ministre pour la première fois – des Affaires européennes, je crois. Si nous avons un peu de succès avec la jeunesse, c'est aussi parce que nous avons toutes sortes de belles histoires à lui raconter. On lui promettait la prison, la pendaison en place publique, il a fait face à une meute affreuse et il dîne tranquillement avec une brunette qui n'a sans doute jamais entendu parler des frégates de Taïwan. Tout s'oublie.

*Paris, 26 janvier*

Dans une cave rue Galande chez mon ami Kamal, qui offre une table libanaise exceptionnelle où j'ai depuis vingt ans mes bonnes habitudes, j'ai invité une smala de jeunes sarkozystes en ébullition, tendance plutôt gay, ambiance gaie, Sébastien Chenu, le jeune président des homos libéraux et ses amis, tous dans les ministères, lui-même étant le directeur adjoint du cabinet de Christine Lagarde à Bercy. Que des garçons tendance garçons, sauf une erreur, Jean-Christophe, mon grand et beau neveu, sarkozyste enthousiaste et hétérosexuel convaincu. Il se plaît beaucoup avec la bande de mes amis où il s'est fait adopter en moins de temps qu'il n'en faut pour le dire.

Il fera de la télévision après moi, peut-être même de la politique, il comprend vite. Il a montré durant ces dernières semaines si difficiles pour moi un sang-froid impressionnant, un sens de l'organisation, de la prévoyance qui m'a sidéré. Il nous a étonnés en déjouant des situations compliquées, sans jamais me perdre de vue.

*Paris, 8 février*

Dîner à la maison avec Patrick de Carolis et deux de ses plus proches collaborateurs. C'est un homme bien, le plus chaleureux, le plus respectable de mes patrons en vingt ans de télévision. Il est rentré tôt, vers onze heures, pour écrire des poèmes en vers libres.

*Paris, 9 février*

Ce soir, Yann Moix, dans un bistrot boulevard Saint-Germain où nous nous étions rencontrés la première fois. Il avait signé à l'époque dans *VSD* un article retentissant où il reprochait violemment à la direction de France Télévisions d'avoir supprimé mon émission « La Chance aux chansons ». Il voulait me témoigner son amitié et son soutien.

– *La Mélancolie des fanfares* est ton meilleur livre, me dit-il. Le plus sombre aussi. Tu oses en somme écrire : j'ai perdu la partie, le monde n'ira pas comme je veux qu'il aille...

*Paris, 10 février*

Le joueur de clarinette a déjà repris ses quartiers de printemps sur le pont, au moindre rayon de soleil, il se remet à souffler dans son engin. Je vais avoir droit dix fois, vingt fois à *Petite Fleur*, le sublime morceau de Sidney Bechet dont il finira par me dégoûter.

Régis Jauffret crache ce matin dans *Libération* quelques lignes soignées sur la lâcheté des hommes, sur la sienne, dit-il, mais l'avouant il est déjà pardonné. Il faut donc nous taire, nous faire tout petits, raser les murs ? Jauffret répond oui. Et s'il avait raison, et s'il valait mieux dire *amen* et s'en foutre ?

« La lâcheté.

« Je parle de la mienne. Toujours prêt à gerber çà et là sur un pape ou sur un prélat, comme par plaisir puéril de souiller la foi de mon enfance. Mais pas un mot sur aucune religion ces temps-ci, plus susceptible et même prêt à me prosterner malgré ma colonne vertébrale quinquagénaire devant le premier ayatollah qui me menacerait d'une mornifle, d'une remontrance ou d'une amicale fatwa. Non, ne comptez pas sur moi pour monter au créneau. Au royaume des couilles molles, je ne serai ni l'érection ni le borgne. Je suis comme vous, je me déplace à genoux ou je rampe, et ne me relève un instant que pour baisser mon froc s'il prend la fantaisie à un pirate de l'air de me niquer dans le métro du bout de sa kalachnikov, ou de me carotter plus profondément avec une bombe à fragmentation ou un Boeing de la Pan Am. Quel que soit mon bourreau, qu'il sache par avance qu'avant de mourir je lui crierai :

– Total respect. »

*Paris, 11 février*

« C'est une question de propreté, il faut changer d'avis comme de chemise. »

Jules Renard, dans lequel il convient de picorer souvent, dit drôlement des vérités premières. Cette sentence me fait sourire en ce moment où chacun me demande pourquoi et comment après avoir admiré et tant aimé François Mitterrand, je m'emballe pour Nicolas S. La réponse de Jules Renard ferait l'affaire si j'avais le sentiment d'avoir changé d'avis. J'ai mes petites idées simples mais je n'ai jamais cru que François Mitterrand allait changer la vie. Ce ne sont pas ses vues sur l'Europe, l'environnement ou le pouvoir d'achat qui me passionnaient, c'était lui.

En tête à tête à la Rôtisserie de l'Abbaye avec Laurent Gerra que j'ai fait débuter à la télévision et qui ne l'a pas oublié, lui. Nous partageons parfois les mêmes idées sur les choses et les gens. Nos petits camarades de la télévision en ont pris pour leur grade. Laurent ne fait pas toujours dans la nuance, ses plaisanteries sur Bertrand D. ne m'amusent que moyennement. Mais c'est un bon garçon encore plus réactionnaire que moi, un régal donc de passer une soirée avec lui.

*Paris, 13 février*

Ils ont signé dans *Libération* une réponse à mes juges et autres, c'est Philippe qui l'a écrite. J'ai voulu les réunir à dîner, champagne, saumon, la tour Eiffel, Notre-Dame en prime. Philippe bien sûr, les frères Séchan, Christine Clerc, Christophe Girard, Richard Cannavo, Georges-Marc Benamou, mon neveu Jean-Christophe. Benoît Duteurtre, France Gall, Roger Hanin n'étaient pas libres ce soir.

Denis Tillinac, que je connais peu en réalité, m'intimide. Il était là, solide et affectueux. J'aime son œuvre, j'aime l'homme qu'il est.

– Tous des cocus, dit-il. Des salopards. Je retiens ma plume, ce que je n'aurais pas fait il y a encore quinze ans, on ne peut plus rien écrire. Simenon ne pourrait plus écrire une ligne.

Ce soutien si franc de Denis Tillinac, spécialiste éminent des affaires africaines du président Chirac, est un joli pied de nez aux droits-de-l'hommistes patentés.

Philippe me dit que Laurent Joffrin n'a fait aucune difficulté pour publier son article prenant ma défense : un peu d'air frais, d'honnêteté dans ce débat insupportable de non-dits, d'hypocrisies.

« Les propos tenus par Pascal Sevran au sujet des populations noires ont suscité une grande émotion et une large réprobation. Cette émotion et cette réprobation étaient, à l'évidence, compréhensibles. Pascal Sevran a rapidement présenté des excuses sans ambiguïté et entrepris de se rapprocher des associations qui avaient condamné ces propos. Il a expliqué combien la réalité de la famine lui était insupportable et regretté que l'Afrique ne soit pas mieux soutenue, notamment par les pays riches, dans sa lutte contre les maladies et la mortalité infantile. SOS-Racisme, par la voix de son président, Dominique Sopo, a proposé à l'animateur de France Télévisions, qui l'a accepté, d'effectuer un reportage en Afrique afin d'apporter un éclairage sur la situation de ce continent trop souvent supplicié. On peut donc aujourd'hui considérer que ce regrettable incident est clos.

« Les esprits étant désormais apaisés, nous souhaitons simplement apporter notre témoignage sur Pascal Sevran, notre ami, comme l'ont fait avant nous Bertrand Delanoë ou Jack Lang. On peut certes adresser à Pascal Sevran des reproches (et parfois certains d'entre nous ne s'en privent pas) : pointer par exemple ses emportements politiquement incorrects, ses postures au fumet réactionnaire, son affection immodérée pour les vieilles chanteuses, ou sa franchise coupante. En retour, on doit lui reconnaître les qualités qui viennent en miroir de ces reproches (nous ne sommes pas non plus économes de nos compliments) : ses convictions profondes, son souci de défendre le mérite républicain et de souhaiter la fin des désordres, son acharnement sans faiblesse à mettre en valeur le patrimoine français, ses fidélités inexpugnables et sans calcul, sa sincérité. Comme chez tout homme, ses qualités sont aussi ses défauts. Et les paradoxes apparents ne constituent pas des contradictions mais dessinent le parcours d'une vie.

« Il est toutefois un sujet sur lequel nous ne l'avons jamais trouvé ambivalent, jamais : c'est celui du racisme. Tout, dans sa nature et dans sa culture, le rend étranger au racisme. Lui, le fils d'une immigrée espagnole, a appris d'emblée la différence qui tient à la nationalité et grandi dans le respect de l'altérité. Lui, l'homosexuel, a éprouvé très jeune la violence invisible provoquée par la dissemblance et mené le combat contre l'homophobie quand tant d'autres se taisaient. Lui, le secrétaire d'Emmanuel Berl, a fait ses humanités auprès d'un des grands penseurs du vingtième siècle. Lui, le proche de François Mitterrand, a partagé les combats contre les discriminations. Lui, l'homme de scène et de télévision, a traversé les tourbillons et les rencontres avec le public où toutes les couleurs, toutes les races, toutes les religions se mélangent, sans distinction. Lui, l'écrivain, acteur et spectateur de son temps, a tenté de dire l'horreur que lui inspirent les blessures infligées à ceux qui ne peuvent se défendre. Il nous paraît donc injuste de chercher à lui coller l'étiquette infamante de raciste. À coup sûr, il ne la mérite pas. »

*Paris, 18 février*

Doit-on enterrer Maurice Papon avec la Légion d'honneur qui lui avait été remise par le général de Gaulle ? Voilà ce qui agite quelques esprits mal tournés. Maurice Papon est mort, on ne va pas pleurer, mais on notera quand même que c'est le chef de la Résistance qui l'a nommé préfet de police. C'est ça la grande question, l'énigme à laquelle les historiens ne se pressent pas de répondre. Alors a-t-on le droit d'enterrer Maurice Papon avec sa Légion d'honneur ? À mon avis, ses enfants le prendront.

J'emmène Jean-Christophe à Montréal, en première classe. J'ai très envie de le voir marcher dans la neige à mon côté, de lui faire découvrir la discrète pension de famille où je me réfugie depuis la mort de Stéphane, pour guérir un peu. En première classe pour l'épater ; il aime le luxe, comme moi.

Ce voyage à Montréal, je ne l'aurais pas recommencé cette année si ce n'était pour lui d'abord. Il a surveillé Internet toute la semaine et m'assure qu'il neigera le soir de notre arrivée.

*Montréal, 19 février*

Ma chambre, la même depuis six ans, et l'odeur des croissants, des pains au chocolat qui me réveille dès sept heures du matin – les premiers jours, avec le décalage, je me lève tôt ici. Je retrouve Jean-Christophe attablé dans la salle à manger commune. Il fait moins dix, il neige sur le parc Lafontaine. Je voulais lui faire connaître ça, cette ambiance si particulière des petits matins bleus à Montréal.

L'auberge Lafontaine est le seul endroit où je prends mon petit déjeuner avec d'autres gens, en jogging, les cheveux en bataille, encore à moitié endormi. Ça ne me gêne pas de me présenter ainsi devant du monde qui ne me reconnaît pas forcément comme en France. Tout à l'heure, une femme rousse aux joues fraîches m'a pris pour Gilbert Bécaud, elle m'a embrassé pour toutes les belles chansons de sa jeunesse. J'ai tenté de la détromper mais elle n'a pas accepté mes explications.

– Gilbert Bécaud est mort, madame, je vous assure, je l'aimais beaucoup mais ce n'est pas moi. Je ne suis personne...

– Oui, oui, je comprends que vous ne vouliez pas vous faire remarquer, me dit-elle à voix basse comme un secret entre nous.

– Elle n'a pourtant pas l'air d'une cinglée, me dit Jean-Christophe.

Non, elle n'avait pas l'air d'une cinglée, il faut simplement se méfier des Canadiennes qui croient aux fantômes.

*Montréal, 20 février*

Dans la salle à manger, je tombe sur Pierre Barouh, le vrai, l'auteur inconnu de si belles chansons, *Des ronds dans l'eau, À bicyclette, Un homme, une femme*. Ces trois succès ne suffisent pas à présenter l'homme. Si jeune à soixante-treize ans malgré les cheveux blancs comme la neige qui recouvre le parc. Que fait-il là, dans cette auberge planquée sur les hauteurs de Montréal ? Il passe. Pierre Barouh aura passé sa vie en voyage. De la place des Abbesses à Montmartre, où il créa il y a quarante ans une maison de disques artisanale, la dernière du genre. Pour le suivre, il faudrait avoir fait le tour du monde. Il a trouvé une jeune femme à Tokyo, qui lui a donné une fille très jolie, elles sont là, attablées devant un petit déjeuner plein de confitures de toutes les couleurs. Je ne suis pas bavard le matin, mais Pierre, qu'un sourire tendre ne quitte jamais, avait très envie de bavarder. Il avait l'air content de me voir. Nous nous sommes très peu vus durant les années Saravah. Les chanteurs qu'il produisait n'étaient pas mon genre, son monde n'était pas le mien. C'est lui, Pierre Barouh, sa voix si émouvante, ses textes qui disent si exactement les choses de la vie et de l'amour que j'admire. J'ai pu lui dire cela, que je l'admirais, qu'il m'intimidait un peu. Je me souviens avoir volé son premier 45 tours dans un Monoprix du boulevard Sébastopol.

Neuf heures. Cinq heures de marche dans Montréal, des vieux quartiers à ceux des banques et des hôtels internationaux qui dégagent un parfum d'Amérique, des décors de feuilleton pour séries télévisées.

*Montréal, 21 février*

Chez Milo, le meilleur restaurant de poisson du monde, dit-on, il doit bien y en avoir quelques autres mais celui-là est vraiment exceptionnel. François m'y invite chaque année. Là, Jean-Christophe a voulu payer. Connaissant les prix, j'ai tenté de l'en dissuader mais il n'a pas cédé. Ça lui faisait plaisir. Lorsqu'il a tendu sa carte au maître d'hôtel, j'ai craint que la machine refuse. « Huit cents dollars à trois, d'accord, tonton, c'est pas donné, mais je n'ai jamais mangé aussi bien. » Il est tout heureux d'être avec moi, moi avec lui.

*Paris, 22 février*

Rentré de Montréal un jour plus tôt pour assister au dîner que donnait à Bercy Sébastien Chenu qui va quitter sa ministre pour d'autres aventures à la télévision. Il s'ennuiera vite de la politique, sa passion. Il m'avait installé à la table d'honneur entre Marie-José Nat et Roselyne Bachelot qui sera ministre si Nicolas S. est élu président, ce que tout le monde souhaitait ce soir.

À Line Renaud qui tient une forme physique et morale éblouissante, j'ai demandé de rassurer le président Chirac sur mon prétendu racisme, lui que l'on a accusé si violemment et que l'on accuse encore après ses déclarations sur le bruit et les odeurs. Il a prouvé que ce scandaleux procès, il ne le méritait pas.

– T'en fais pas, mon chéri, si tu savais comme il s'en fout, de tout ça...

*Morterolles, 2 mars*

Le congélateur est en panne, Christiane s'affaire, retrouve la notice du mode d'emploi et tente l'impossible, elle me réclame le bon de garantie que j'ai jeté. Qu'importe, l'engin a d'ailleurs dix ans, qu'elle fasse venir un spécialiste ou qu'elle commande un congélateur neuf. Les pannes de congélateur, de chaudière me rendent fou. Je supporte assez mal que les choses ne tournent pas aussi rond qu'elles devraient, ne sachant rien faire, absolument rien faire dans le genre bricolage ou réparation. Même changer une ampoule électrique me pose problème. Par chance, les femmes autour de moi, et ce depuis mon enfance, savent très bien s'arranger des questions domestiques. Ma mère d'abord, mes sœurs, Aïda, Christiane maintenant. Entêtée comme pas une, elle arrive le plus souvent à faire céder les pendules et les machines à laver récalcitrantes.

Seize heures. Serge T., qui la suit partout durant la matinée où elle s'affaire à entretenir la maison, est allongé sur son lit, tel un vieux prince lassé. Il écoute des disques 78 tours de Sarah Bernhardt en mangeant des chocolats.

Les jardiniers voudraient que je leur achète un nouveau tracteur. Plus ceci, plus cela, moins fatigué que le nôtre. J'ai dit oui. Pourvu qu'ils soient contents de travailler, moi je dis oui.

– Et ça coûte combien un tracteur « moderne » ?

– Quarante mille euros environ, mais on peut trouver moins cher...

Mes jardiniers sont sarkozystes, ils veulent travailler plus et gagner plus. Je suis très frappé par l'écho que rencontrent les discours de Nicolas dans la France qui travaille, celle qui a la mémoire de ses parents. Il va être élu, ce n'est pas possible autrement. Il est meilleur de jour en jour, conviction, fermeté, envie. Élu par « la France d'après », comme le propose son mauvais slogan, qui aspire à « la France d'avant ».

*Morterolles, 3 mars*

J'ai signé des livres tout l'après-midi à Dun-le-Palestel, une bourgade de la Creuse, chez un jeune couple de marchands de journaux tout étonné que j'aie répondu favorablement à son invitation. J'étais sûr qu'il n'y aurait personne. « Ça nous fera une balade », avais-je promis à Serge T., toujours partant. Ce fut très chaleureux, plus d'une centaine de gens sympathiques se sont pressés pour me « voir en vrai » et acheter mes livres avec l'intention de les lire, m'a-t-il semblé pour quelques-uns d'entre eux. À la fin de cette gentille cérémonie, le maire et son conseil municipal sont venus en rangs serrés poser pour le photographe de *La Montagne*, le journal de Vialatte et aujourd'hui de Tillinac, donc un bon journal qui, au contraire de son concurrent régional, ne me tire pas dessus à bout portant chaque fois que je bouge une oreille.

Madame Baroin, qui habite là, veuve d'un grand homme, mère d'un ministre, est venue m'embrasser. Je ne l'avais jamais rencontrée, j'ai été touché qu'elle se déplace.

Cette nuit vers deux heures, Serge T. a mis son réveil car il ne veut rater sous aucun prétexte l'apparition de la lune rouge au-dessus de Morterolles. Il se tient au courant des nouvelles du ciel avec passion, le nez dans les étoiles. Il réfléchit au commencement du monde et s'émerveille comme un enfant devant le Père Noël.

*Morterolles, 10 mars*

Des heures mélancoliques. Envie de rien. Pluie tiède. Un mot gentil de Cécilia au courrier me réchauffe l'âme. Je dînerai ce soir chez la femme du Duc, elle a préparé le repas avant de s'en aller à Poitiers voir le nouveau spectacle de *Holiday On Ice*, toujours le même depuis mes dix ans où ma grand-mère m'avait emmené sous un grand chapiteau à la porte d'Orléans.

Midi. Une lettre d'amour au courrier, anonyme, accompagnée d'un bouquet de fleurs pour Stéphane.

*Morterolles, 11 mars*

Longue promenade solitaire, triste. Je suis allé déposer des photos et des coupures de presse au chalet où s'accumulent des piles de documents, de dossiers, de livres à classer. Je suis resté assis plus d'une heure sur le banc de touche du tennis où personne ne court plus, où personne d'ailleurs n'a jamais beaucoup couru. Il est là dans le décor, pour faire joli, ne servir à rien qu'à me désoler.

Avant de rentrer, je suis allé donner du pain aux chevaux, un rituel sans entrain. La solitude comme jamais et pas seulement parce que je l'ai voulu.

*Paris, 14 mars*

On me livre une centaine de jonquilles, du jaune partout dans la maison. Ça intéresse qui, exactement, ce que je viens de noter ? On m'a offert des jonquilles, bon, très bien, pas de quoi en faire un roman.

Les journaux de Madeleine Chapsal et de Jean Chalon que je lis en ce moment sont pleins de ce genre de petits détails de rien du tout qui m'intéressent beaucoup. C'est le travers et le charme des journaux intimes, presque rien pour pas grand-chose, mais la vie pourtant qui passe ici ou là, le chagrin et la pitié. Les journaux intimes n'ont aucun succès car les lecteurs veulent qu'on leur raconte des histoires d'amour de préférence, même tristes, mais d'amour, parce qu'ils ne reçoivent jamais de jonquilles à leur petit déjeuner.

*Paris, 15 mars*

Le seul enterrement pour lequel Serge T. ne se lèvera pas, c'est le sien. Lui qu'on ne peut pas sortir de son lit avant midi est prêt à bondir aux aurores à l'autre bout de Paris, si l'on enterre une princesse ou une actrice de série B des années cinquante qui le faisait rêver jeune homme à Limoges.

Je pars deux jours à Bruxelles avec Jean-Christophe et la délicieuse Caroline de chez Albin Michel pour la promotion des *Fanfares*. Je ne me fais jamais prier pour une escapade à Bruxelles, où j'achète des tapisseries innommables dans les boutiques à touristes.

*Morterolles, 20 mars*

La mort de Lucie Aubrac, autant dire d'une « sainte » de l'avis général. Après l'avoir entendue évoquer sa vie, les grandes heures de la guerre, Stéphane, bouleversé, lui avait écrit. Elle lui avait répondu. Je me souviens de son émotion en me la lisant. Où est passée cette lettre d'une femme admirée à un jeune homme admirable ?

*Morterolles, 21 mars*

Averses de neige répétées. Je me sens mieux. J'ai pris des rendez-vous à la clinique Chénieux pour des radios et autres échographies, la semaine prochaine. C'est toujours lorsque je me sens en belle forme que je fonce faire contrôler l'intérieur de la machine.

Samuel arrive au train de 15 h 37. Devant la gare de La Souterraine, des grues, des pelleteuses, des marteaux-piqueurs... massacre en vue. De toute façon, ce sera tragiquement moderne. Ils ont déjà abattu des marronniers centenaires et bousculé l'ordonnance de ce qui fut une jolie place, celle-là même que Jouhandeau traversa si souvent, la voiture à cheval de son père l'attendant pour l'emmener à Guéret.

On nous prépare un de ces désastres « aux normes de sécurité », fonctionnel. Parking et barrières automatiques, le progrès, disent-ils. Que font les associations ? Les écolos zozos sont probablement en RTT sur leurs vélocipèdes. Ils s'en foutent, des marronniers de La Souterraine, de la place de la gare si émouvante hier encore. Ce qui les affole, les écolos, c'est le temps qu'il fera dans cent cinquante ans au pôle Nord. Parfait, mais de ce qui se passe ici et maintenant, la gangrène de l'environnement des villes et des campagnes, le pourrissement de nos provinces aussi sales que leurs moustaches, ils s'en foutent aussi.

*Morterolles, 30 mars*

Je viens pour la troisième fois en huit ans d'écrire : telles sont mes dernières volontés, et j'ai signé, annulant ainsi mon testament du 19 août

2001 où je faisais la part belle à quelques particuliers que j'aimais trop et qui depuis ne me l'ont pas pardonné, quelques trafiquants de bons sentiments que je croyais sincères.

*1^er^ août à 18 h 30*

Dès le 31 mars, je n'ai plus écrit une ligne de ce journal, pas pris une note, rien. L'idée ne m'a même pas effleuré, je devais faire face à des échéances terrifiantes. On venait de me confirmer les plus mauvaises nouvelles possibles sur mon état de santé. À partir de cet instant, plus rien n'a compté pour moi que de tenir dans l'épreuve.

Serge T. a su le premier, il m'attendait ce jour-là où je suis sorti de la clinique Chénieux, mes radiographies, échographies et scanner sous le bras. Je lui ai dit : « Ça ne va pas, il va falloir se battre. » Il a fait mine de ne pas très bien comprendre, c'est sa manière de nier la gravité des choses.

À Jean-Christophe qui était venu m'installer Internet avec l'espoir de me familiariser avec cet instrument du diable, j'ai dit la vérité, à sa mère Jacqueline aussi. Sa mère sans laquelle je n'aurais pas résisté aux vents mauvais qui faillirent m'emporter. Les pages qui suivent ont été rattrapées au vol.

Je n'ai pas pensé à la littérature, à la mienne en particulier, une seule seconde durant cette période, jamais je n'ai vécu ce cauchemar avec l'idée d'en faire un jour de la littérature. Il faudra donc lire et comprendre les pages qui suivent entre les lignes, je dirai les choses à mots couverts, pas de gémissements, pas d'apitoiement ; tant de gens souffrent en silence.

Pierre S. ne sait pas que j'écris, il ne me l'a même pas demandé. Ce journal ne sera sans doute pas très bon mais il sera, je le veux, il sera la preuve étonnante que je suis encore en vie.

*Morterolles, 2 août*

Serge T. n'éteint pas les lumières et ne ferme pas les portes. Comme il attend que je sois couché pour ressortir devant la maison fumer une dernière cigarette, je suis obligé de me relever afin de vérifier où il est passé car il n'éteint pas non plus les bougies que nous allumons au salon chaque soir.

Je le houspille un peu mais je ne me fâche pas. Il a droit à beaucoup d'indulgence car il a des façons d'être près de moi, silencieux ou bavard selon que je suis ou non dans un bon quart d'heure. Personne ne peut mieux que lui faire comme si j'allais bien quand je ne vais pas bien du tout.

*Morterolles, 9 août*

« Je suis guéri. » Il ne faut jamais écrire ni penser ce genre d'imbécillité péremptoire. On n'est jamais sûr de rien, on peut se trouver mieux, mais dans une bouffée d'enthousiasme s'écrier au miracle est pure folie. La vie, si belle soit-elle parfois, est une maladie mortelle.

Dans sa chambre, Serge T. regarde à la télévision un épisode d'Hercule Poirot, « ce qui me repose un peu de Montaigne », m'a-t-il dit comme pour s'excuser de tant de légèreté. Il fait tiède et triste sur Morterolles. Même le silence m'ennuie, d'ailleurs tout m'ennuie ici où je me cache désormais plus que je ne me plais. Mais je m'ennuierais aussi à Paris à ma fenêtre qui vaut de l'or et sous laquelle défilent des baguenaudeurs les mains pleines de glaces et de téléphones portables. Des Japonais, des adolescents torse nu trop beaux.

Est-on jamais guéri ? Oui bien sûr, d'une bronchite ou d'un lumbago, pour le reste, nous ne perdons rien pour attendre.

Oui, je viens de surmonter, à la stupeur de mes médecins mais grâce à eux surtout, quelques épreuves terrifiantes et banales – épreuves, on pourrait dire plus mais je n'aime pas du tout évoquer cela qui me dégoûte. La propension de quelques-uns à étaler leurs douleurs intimes me fait mal. Je ne les juge pas, chacun se libère comme il peut, moi je me tais, je reste stoïque et perdu. Prêt à tout. J'irais à Lourdes à genoux s'il le fallait, si j'étais sûr, mais je ne suis jamais sûr de rien. « Je mettrai un cierge, il ne faut rien négliger », me promettait Christine Clerc la veille de mon opération. Je ne l'ai pas découragée, d'autres qu'elles ont eu le réflexe de se tourner vers le ciel pour moi, il ne faut rien négliger, en effet. En soufflant chaque soir les bougies sur la cheminée du salon qui éclairent la photo de Stéphane, que fais-je d'autre ? Je lui parle d'amour et lui demande de me protéger. Prêt à tout pour ne pas mourir trop tôt, trop vite. Je me vois faire, je m'entends prononcer ces mots des pauvres gens que nous sommes.

Si ce n'est pas une prière, ça lui ressemble. J'écris, c'était inimaginable il y a moins d'une heure. Je n'en avais pas la moindre envie et pour raconter quoi et à qui ? Voilà la réponse que je faisais à Philippe hier encore quand il me suggérait de reprendre mon stylo. C'est fait. Je ne suis pas du tout certain que ce début aura une suite, demain ou jamais ou dans un mois. J'écris pour me venger de ma corde vocale droite qui ne vibre plus comme elle le faisait si gentiment avant d'être quelque peu malmenée durant l'intervention chirurgicale.

*Morterolles, 10 août*

« Ne quittez pas, je vous passe le président Sarkozy... » Avec le décalage horaire, il devait être neuf heures du matin à Wolfeboro au bord de ce lac qui me fait rêver.

« Je veux juste prendre de tes nouvelles, me dit-il. Je ne te dérange pas ? » Il plaisante, j'espère. « Je voulais entendre ta voix et t'embrasser. Cécilia qui est à côté de moi t'embrasse également. »

Il voulait entendre ma voix ! Il aura été servi. « Je te l'ai donnée ma voix, lui dis-je, il faut me la rendre maintenant. »

Ma rage de ne pas avoir pu lui parler quelques minutes de plus, lui dire combien je les aimais tous les deux.

*Morterolles, 11 août*

Serge T. et Jacqueline me trouvent une bonne mine ce matin, « bien meilleure qu'hier au soir », précise Serge.

– Tu étais très marqué, le regard triste et te voilà de nouveau pétillant.

Je suis, c'est vrai, vulnérable à la moindre contrariété, sensible au moindre espoir.

Je retiens qu'il y a quelques chances que je puisse reprendre un micro en janvier prochain et m'en aller faire l'artiste sur scène et à la télévision. Cette perspective joyeuse m'a permis de mieux dormir et d'offrir ce matin à Serge T. un sourire des jours avec.

Sa principale préoccupation aujourd'hui, c'est d'acheter des carottes au Monoprix place de la République à Limoges, pour les ânes et les chevaux. Nous irons et j'en profiterai pour aller fouiner au rayon littérature de la Fnac dont on a vite fait le tour. Avant cela, les filles du CHU m'auront enlevé quelques fils et agrafes que je porte ici et là dans mon dos.

Quand j'écris « les filles du CHU », il faut comprendre l'affection qui m'emporte chaque fois que je pense à elles, que je les vois, et je les ai beaucoup vues. Je vais leur porter des fleurs et des chocolats. J'en embrasserai quelques-unes qui ne m'ont pas lâché ni des yeux ni du cœur. Elles sont secrétaires, aides-soignantes, infirmières, masseuses. Elles sont bien plus que cela quand nous tremblons de peur ou de fièvre. Elles sont nos sœurs, nos mères, nos amantes. Le rôle des femmes dans la vie des pauvres garçons que nous sommes, je n'ai pas attendu ce terrible printemps pour m'apercevoir qu'il est irremplaçable. Des dizaines de pages de ce journal en témoignent.

Dix-neuf heures trente. Christiane nous prépare des coquilles Saint-Jacques avec des pâtes fraîches et j'entends Serge T. lui raconter notre après-midi. J'ai faim. Je vais descendre allumer la cheminée dans le salon, c'est la première fois en vingt ans que le feu de bois éclaire nos soirées au mois d'août. Le temps qu'il fait reste le sujet de conversation préféré des vacanciers. Moi je m'en fiche un peu cette année où je ne peux pas bougonner après la canicule.

Un peu de soleil, malgré tout, ferait plaisir à ma mère qui arrive la semaine prochaine.

*Morterolles, 12 août*

J'ai très peu parlé depuis des mois et encore par allusions en général, un peu plus précisément à quelques-uns. À Jean-Christophe, mon neveu, Jacqueline, sa mère, Serge T. qui aura continué de faire ici comme si de rien n'était ou presque. Sa présence dans la chambre proche de la mienne, l'idée qu'il était là, impuissant à me guérir mais tellement là finalement, tellement près, m'a évité le désespoir, même si le mot est trop gros – disons une infinie tristesse. Didier, un Vendéen de mes proches, catholique et homosexuel pratiquant n'aura pas compté pour rien, lui non plus. Je n'ai vu personne d'autre, eux seuls étaient en situation, en état de m'aider à traverser les heures les plus sombres de ma vie.

À Philippe, j'ai parlé tous les jours, à Philippe, j'ai tout dit, à Bernard D. aussi, qui m'a proposé dix fois de venir me rejoindre. Je ne voulais voir personne, ne pas encombrer le monde de mon infinie tristesse, oui c'est bien cela, de mon incapacité à sourire, à faire le moindre projet. Et puis les autres, tous les autres ayant eu vent de la rumeur se tenaient prêts. Personne ne pouvait rien pour moi que les médecins en qui ma confiance est totale et parfois même déraisonnable, personne que Jacqueline qui, sans me lâcher la main, a dû faire face aux formalités administratives, montant et descendant cent fois les étages du CHU, revenant dans ma chambre essoufflée avant de repartir m'acheter des petits pains aux raisins et me faire cuire des soupes aux champignons. Quand je ne voulais plus manger, quand je ne pouvais plus, elle m'a redonné l'appétit.

Ma cousine la baronne Malaterre fut de très gentille compagnie. J'aimais savoir Jacqueline un peu moins seule certains après-midi, c'est avec elle qu'elle a patienté dix heures dans un recoin discret devant les portes du bloc opératoire le 18 avril.

Qui savait que j'étais là et pour quelle urgence ? Même pas ma mère, naturellement. Quel besoin de se répandre puisque, de toute façon, personne ne peut rien à ces instants de nos vies où tout bascule, personne sinon quelques hommes et femmes penchés sur vous, scalpel en main.

Je n'ai pas eu vraiment peur quand deux gaillards taillés comme des joueurs du XV de France ont attrapé mon lit pour le faire rouler de couloir en couloir, d'ascenseur en ascenseur jusqu'au bloc. Je n'avais pas peur, j'étais ailleurs, guéri déjà ou mort, mais je ne me posais pas de question, je me laissais faire, docile, confiant et triste.

À mon réveil, Jacqueline et Nicole étaient là, je n'ai voulu recevoir aucune autre visite. La souffrance, la tristesse n'est pas un spectacle. Je sais comment on m'aime, comment veulent me voir celles et ceux qui vivent près de moi depuis vingt, trente ou quarante ans. On fatigue vite son monde en étant malade plus de trois jours. Nos plus proches, nos plus intimes même se lassent. Je sais cela et je le comprends. Ils nous veulent vivants, entraînants, eux-mêmes ont leurs chagrins, leurs drames à venir. Seul. Je sais depuis toujours qu'on est seul face au malheur. Lorsque nos médecins rentrent chez eux, ils ont leurs vies, des femmes, des enfants, des maîtresses, des voisins irascibles, peut-être même des ennuis de santé. Nos infirmières si douces, très jeunes pour la plupart, surveillent d'un œil notre tension et de l'autre le cadran de leur téléphone portable. Un jeune homme les attend quelque part, dans leurs sourires au-dessus de mon lit, je le devinais, le jeune homme qui les attendait. Bientôt, elles s'en iraient courir vers lui, m'oubliant bien sûr sur les lèvres de leur amoureux. Toutes n'avaient pas l'âge des fiançailles. Des femmes aussi, mères, grands-mères, mariées depuis si longtemps qu'elles ne s'en souviennent plus, certaines divorcées et contentes de l'être. Celles-là que personne n'attendait, je les gardais un peu plus longtemps dans ma chambre, certaines aimaient s'y attarder. Une Annie rousse et pimpante, ancienne pin-up du cinéma en noir et blanc, aurait pu jouer une copine de Nadine Tallier dans un film de Gilles Grangier.

Ma Mathilde venait la nuit me frictionner le dos pour me soulager.

« Bonsoir, monsieur Jouhaud, je m'occupe des autres patients d'abord et je reviens vers vous. »

J'aimais qu'elle soit de service, elle le fut souvent au long de ces dix nuits interminables où je n'ai pas dormi. Je l'attendais depuis le matin, j'interrogeais négligemment ses collègues pour savoir si je pouvais l'espérer le soir venu. Mathilde redressait mes oreillers, me pressait des jus de citron frais, me disait que j'allais bien et je la croyais parfois. Elle aimait les chansons de Lynda Lemay et Luis Mariano. Une veuve probablement, aux cheveux noirs gonflés sur sa tête comme un casque. Impeccable.

Jamais, ni le jour ni la nuit, je n'ai voulu que l'on ferme la porte de ma chambre ou les volets roulants, je préférais entendre le bruit des couloirs, des officines où les jeunes filles riaient et parlaient fort souvent. La vie en somme par procuration, je profitais un peu de l'air du large, de la campagne limousine en l'occurrence, qu'elles respiraient à pleins poumons. Parfois une voix d'homme, un jeune brancardier, celle d'un interne ou du grand patron en visite. Mais l'hôpital est d'abord un monde de femmes, inimaginable sans elles.

Nous dînerons ce soir chez la femme du Duc, Serge et moi. Du rôti de porc aux pruneaux. J'ai faim déjà, c'est bon signe, disent ceux qui voudraient nous voir guérir plus vite que la musique. Je suis en convalescence mais je ne veux pas l'admettre. Après m'être tu si longtemps, je n'éprouve même pas le désir de me plaindre, de me confier. J'ai envie de pousser des cris de Sioux pour rassurer au moins par téléphone ceux qui m'attendent de nouveau triomphant.

Bertrand D., que Jean-Christophe a tenu au courant presque heure par heure, serait content que je l'appelle à Bizerte où il m'espère, mais je suis empêché par ma voix de fausset.

Nicolas S. n'a pas cessé de prendre de mes nouvelles par amis interposés ou directement par téléphone, qu'il soit ministre en campagne ou à la veille d'être élu président de la République, il m'a fait savoir son affection et celle de Cécilia.

Est-ce bien lui qui m'a annoncé sa victoire le 6 mai vers dix-huit heures trente où était-ce la morphine qui me faisait entendre sa voix ?

À la majorité des infirmières de garde cette nuit-là, j'ai offert le champagne que ma sœur Jacqueline avait mis dans le réfrigérateur de l'office. J'ai fait semblant de boire, mais elles ont levé leur verre de bon cœur à leur nouveau président. Oui, la majorité des infirmières de garde cette nuit-là étaient aussi contentes que moi. Je le lui ai dit, mais sans doute ne m'a-t-il pas entendu. Je le voyais emporté par la foule à la télévision que j'avais allumée exceptionnellement. Le

10 mai 1981, je pleurais de joie à la Bastille, le 6 mai 2007, je me mordais les lèvres pour ne pas pleurer devant des jeunes filles en blanc.

Quelques-uns au plus dur de l'épreuve m'ont demandé si j'écrivais, comme s'il allait de soi qu'on écrive à tout moment. Non, je pensais à sauver ma peau, à organiser ma défense, l'idée même de consigner sur ce journal mes angoisses, ma tristesse, mon infinie tristesse, je répète cela volontairement qui dit exactement mon état d'esprit d'alors, cette idée ne m'a pas effleuré. Je m'étais retiré à l'intérieur de moi pour y trouver du courage, de l'énergie, que sais-je ? de la sagesse. J'ai tout oublié de ce qui faisait ma vie avant. Je n'avais plus une minute à perdre avec la littérature ou les chansons. J'étais désolé qu'on me reconnaisse dans les couloirs de l'hôpital, je fonçais tête baissée vers les ascenseurs, guidé par Jacqueline que je suivais comme un enfant triste.

De ma gloire, ma pauvre gloire, je n'avais même plus le souvenir, c'était pourtant hier encore, mais non, j'étais tendu, arc-bouté sur ma défaite. Et parler le moins possible, me résoudre aux adieux s'il le fallait. Organiser tout cela qui n'est pas racontable à haute voix. Alors j'écris, vite, sans me relire depuis trois jours, sans trop savoir où je vais, ni comment je vais m'y prendre pour remonter le temps.

Du 31 mars au 1er août, des pages et des nuits blanches. Sur la blouse des infirmières et des médecins, le livre que je suis incapable d'écrire. Jamais je ne trouverai la force et le talent de leur rendre avec des mots ce que je leur dois. Et puis, je ne sais pas faire ça, étaler de l'encre sur des cicatrices à peine refermées. Quel roman pour le coup que celui-là, de la maladie et de la mort, pas le mien, le nôtre, le seul qui vaille avec l'amour, le même. Suis-je désormais en état d'écrire sans trop me faire mal, sans jouer avec le feu qui couve encore dans mon ventre ?

J'écoute de la musique dans ma voiture et je regarde de nouveau les garçons qui passent.

– Ça, c'est très bon signe, mon petit, m'assure Serge T.

Ce matin, de fait, mon réveil fut de ce côté-là triomphant. Est-ce bon signe ?

Un dimanche. Silence de mort autour de nous. Serge m'a trouvé encore endormi à midi trente. En semaine, Christiane force un peu mon réveil. On me dit qu'il y a des gens qui aiment les dimanches pour traîner au lit justement, ne rien envisager que l'ennui, réparer éventuellement l'évier de la cuisine, s'en aller pique-niquer dans un camping ou prendre « l'apéro » avec les nouveaux voisins du lotissement. Faire connaissance. Le dimanche, septième jour sacro-saint béni des dieux et des cégétistes. Quel gâchis que ce jour-là qui ne sert à rien qu'à nous faire peur. Il y a des noces et des banquets ici ou là, ce genre-là reste indémodable, il y a des messes et des pêcheurs à la ligne bien sûr, mais on ne me fera pas croire que le monde va mieux le dimanche que les autres jours. Je n'ai pas entendu une fille se plaindre à l'hôpital d'être là un dimanche pour prendre ma tension et relever mes oreillers. Mardi et mercredi prochains elles auront deux jours de repos, elles pourront se reposer un peu de nous, faire des emplettes rue du Clocher, aller au cinéma place Denis-Dussoubs, enfin céder gentiment à leurs envies, visiter leurs cousins dans la Creuse. Un mardi, on n'est pas forcément plus malheureux qu'un dimanche.

À peine ai-je repris ce journal en panne depuis des mois que déjà je radote sur le dimanche et tous les malheurs qu'il traîne. C'est plus fort que moi, je radote.

Si je cherchais bien, je trouverais dans mon souvenir des dimanches heureux, mais c'est l'ennui malgré tout qui domine. Il y a la fameuse chanson d'Aznavour que Gréco créa au début des années cinquante *Je hais les dimanches* qu'avait précédée *Sombre dimanche*, un effarant mélodrame maritime que chantait Damia en agitant ses longs bras blancs comme les voiles d'un bateau en perdition. On raconte, mais on raconte n'importe quoi, que ce succès radiophonique entraîna des suicides. Silence déprimant donc, ce dimanche du mois d'août de l'année 2007, funeste entre toutes. Et pourtant j'écris, la preuve même que je ne suis pas aussi déprimé que je le serai peut-être demain.

Dans sa chambre, au milieu de son fourbi, Serge T. est heureux. Il l'est presque toujours, il range, il dérange, il farfouille, il dort entouré de papiers et de livres anciens. Enroulé dans le peignoir de Stéphane, vêtu encore à seize heures d'un impensable pyjama ayant appartenu à Roger Peyrefitte, il est heureux. Il sait depuis trois jours que j'écris de nouveau. Il s'arrêterait de respirer si je le lui demandais tant il désire me voir écrire.

C'est le contraire que j'attends de lui, j'aime qu'il bouge, qu'il monte à mon bureau en claudiquant et, souriant, me montre je ne sais quel découpage de pygmées ou une photo retrouvée de Violette Leduc du temps où il lui servait non pas d'amant mais de souffre-douleur, de tendre compagnon. Serge T. joue très bien de tous ces talents qu'il a pour séduire.

Sa façon de se conduire ici depuis des mois, comme si les incessantes cavalcades entre la maison et le CHU de Limoges n'étaient que des promenades... de santé, pourrais-je écrire – si ce n'était pas trop de sourire avec cela, qui ne fut pas doux à vivre. Oui, Serge T. a une façon particulière de refuser le malheur qui m'aura beaucoup aidé à tenir. Tenir, je n'aurai réellement pensé qu'à cela.

Bertrand, me devançant, vient de m'appeler de son balcon de Bizerte. « Ma maison est modeste mais tu verras, elle te plaira, ta chambre est prête... ta voix me semble meilleure, Philippe m'a dit que le plus dur semblait passé. J'espère maintenant que tu vas te décider à revoir un peu tes amis, à reprendre la vie... »

Bertrand D. s'impatiente et s'inquiète depuis le premier jour. Il veut, c'est presque un ordre, que le goût du bonheur me revienne d'urgence. Nous avons eu trente ans ensemble ; il sait de quelle énergie je suis capable, je sais de quel bois il se chauffe. Nous nous aimons.

Sur l'amitié, ces mois derniers ne m'ont pas appris grand-chose. Hormis un jeune lâche qui s'est carapaté à mon premier scanner, les autres ont fait et dit ce qu'ils croyaient devoir faire et dire. Réduits à l'impuissance, certains furent et restent très atteints. Je pense à un Laurent qui joue de la guitare derrière moi quand je vais bien, à un Franck qui, depuis la coulisse, me regarde chanter sans se lasser. Ceux-là qui n'aiment que les filles naturellement, je suis certain de leur amour. Certain. Sébastien, Jean-Noël, Alain, je n'ai pas la moindre envie de distribuer des médailles. La Légion d'honneur qui tâche de rouge le revers de mes vestes, c'est à mes médecins que je l'offrirais si ces choses-là se faisaient.

Sur l'amitié, ce sentiment de passage, je n'ai plus rien à apprendre, trouvera-t-elle encore à m'étonner ? Peut-être. Il ne faut pas espérer qu'elle soit infaillible.

Sur ma table de chevet à l'hôpital, il y a quinze jours aujourd'hui, j'avais posé le journal de Jacques Brenner, volume deux : *À Saint-Germain-des-Prés 1950-1959*. J'avais coché ceci : « Je suis ravi sans doute que mes amis s'entendent bien entre eux, mais je voudrais qu'ils aient pour moi une affection particulière. Je veux qu'on me distingue. En même temps, cela ne me paraît pas très sérieux et je me défends de ces sentiments comme je peux. Un certain nombre d'amitiés et même d'amours se sont nouées par mon intermédiaire et je suis étonné que les bénéficiaires ne m'en aient pas quelques obligations. Quelques-uns, il est vrai, ont essayé de détourner de moi celui ou celle qu'ils avaient connus par moi. »

À Philippe, qui vient de m'appeler, je n'ai pas résisté à dire que j'écrivais, c'était son vœu, il m'attendait là au bord de la page blanche. Il me revient en mémoire que j'ai rangé deux ou trois lettres de lui datant d'il y a plusieurs semaines quand il a su et compris sans m'obliger à lui faire un dessin ce qui m'arrivait. Ces lettres, je ne les ai pas ouvertes. Pas la force, pas le courage. Nous venons de parler un petit moment, ni de garçons ni de politique, deux sujets qui pourtant nous passionnent, mais de l'espoir qui me revient un peu ; un peu c'est déjà beaucoup. Le professeur B. m'a fait passer une radiographie des poumons avant-hier, il n'empêche que la toux sèche qui m'encombre m'inquiète. J'attends demain pour l'alerter. J'aurais voulu qu'il me prescrive un sirop, ça l'a fait sourire.

*Morterolles, 13 août*

Quand parfois j'allumais la télévision accrochée au plafond de ma chambre d'hôpital, j'apprenais que le CAC 40 battait des records et cela me laissait totalement indifférent. Je n'ai jamais eu la religion de l'argent et ces triomphes en Bourse de mes quelques sous me paraissaient bien dérisoires à côté du sourire de mon cher professeur D. me disant : « Je vois bien que ça va aller, tes résultats sont bons. »

Depuis que je suis rentré, les places financières plongent, comme on dit sur LCI, et je m'en moque éperdument, les résultats financiers m'intéressent et me passionnent bien moins que mes bilans sanguins. Pourquoi se moque-t-on des gens qui s'en vont répétant : « Pourvu qu'on ait la santé, le reste... »

Thierry Séchan laisse un message sur mon répondeur à Paris pour ne pas me « déranger à Mortesrolles où sûrement je me repose ». Il espère mon retour : « Nous dînerons chez toi ou ailleurs, je viendrai sur un vélo Delanoë car les temps sont durs. À propos et même si je préfère parler chansons et littérature avec toi, je veux te dire que Sarkozy me plaît chaque jour un peu plus. La classe, la jeunesse, l'énergie. Si c'était à refaire, je voterais pour lui. Tu avais raison. »

Ce journal échappera cette année aux incendies dans le Var, à la canicule en Roumanie, aux huit cent quarante-sept kilomètres de bouchons, record battu, sur les routes de France le week-end dernier. J'aurais eu à me désoler, à m'attrister de bien d'autres choses plus sérieuses, de ma vie, par exemple, ce qui n'est pas rien. L'égoïsme est une obligation dans certaines circonstances. La marche du monde m'est indifférente si je ne peux pas la suivre.

Serge a retrouvé une photo de Julien égarée dans son fourbi, une parmi des centaines qu'il a prises de lui durant les quinze jours de l'été 2004 qu'il a passé entre nous, sur mes genoux le soir pour regarder la télévision, au pied de mon bureau l'après-midi lorsque j'écrivais. Mais j'ai déjà raconté tout cela, qui est si loin et si proche finalement. J'allais bien, je le croyais. J'étais bien dans mon âge, dans ma peau, ma bouche sur ses lèvres.

Sur la photo, il caresse un chat. Au contraire de moi, il les aimait, mais ce n'est pas le chat qui rend la photo belle. Je n'ai toujours pas la moindre envie d'ouvrir sa lettre que je garde à portée de main devant moi avec celle de Stéphane, la dernière.

« Il faut garder un moral positif », combien de fois l'aurai-je entendu ce conseil depuis des mois ? En réalité, il y a les heures et quarts d'heure sans. Je veux dire sans ressort, sans envie. Que je sois de nouveau à mon bureau occupé à reprendre ce journal dépenaillé, avant le sinistre 31 mars, que je sois assez calme est vaguement rassurant.

Dix-sept heures. Lentement autour du parc avec Serge et son sac de carottes pour les ânes et les chevaux, climat acceptable, vingt degrés. Je suis moins regardant quant à la perfection des carrés de pelouse, des massifs de fleurs et pour cause, mais l'ensemble se présente joliment. Ça ira comme ça pour la saison. De quoi seront faites celles à venir ?

*Morterolles, 14 août*

Donc je n'ouvre plus certaines lettres, je ne pose pas de questions dont la réponse, je le devine, pourrait me faire du mal, me décevoir, me contrarier ou même m'empêcher de me battre.

En sortant de mon lit, il y a moins d'un quart d'heure, je pensais à cela qui est étrange. Enfin !... Je ne veux pas savoir, je ne veux pas tout savoir, de toute façon si l'on va trop bien, on tombe du mauvais côté. De haut le plus souvent quand on se fait des illusions, ce qui n'est pas dans ma nature. Aux médecins, à ma famille, à mes proches, il y a des questions que je ne pose pas. Ce n'est pas nouveau. Pour les lettres, mon refus d'en ouvrir certaines est récent.

À l'instant où je griffonne ces considérations, Christiane pose sur mon bureau une pile de courrier parmi lequel je reconnais l'écriture de Philippe. Il y a plusieurs semaines qu'il n'avait pas pris son stylo pour m'écrire. Je lui ai parlé hier au téléphone assez longuement, j'ai hésité une seconde avant de le lire, pas plus d'une seconde... Que voulait-il ajouter à notre conversation de plus intime ? Ceci :

« De Châtelaillon-Plage, le 13 août,

« Mon Pascal,

« Je savoure le calme revenu dans la maison. Moi qui ai une telle facilité pour la mondanité, je me découvre ici une véritable aptitude à la sauvagerie et je cultive mon goût du silence et de la solitude. Sans doute n'y a-t-il rien de paradoxal dans un tel comportement. Sans doute avons-nous en partage un désir d'altérité et un désir d'isolement.

« Je suis heureux de savoir que tu vas mieux et que tu es en train de te sortir de cette vilaine affaire. Le corps a ses mystères qui parfois nous terrassent, parfois nous sauvent. Quant à ta voix, elle reviendra. Il faut du temps et de la gymnastique.

« Je suis heureux aussi d'apprendre que tu t'es remis à l'écriture. De New York, en avril, je t'avais dit qu'il te faudrait écrire, d'abord pour être du côté de la vie, ensuite pour témoigner. Nous y voilà. Tant mieux.

« Moi, je cède à la paresse et j'attends sans impatience le retour aux turbulences et aux exigences parisiennes. Dans cette oisiveté, Alexandre me manque. J'ignorais que je m'étais attaché à lui à ce point. En fait, je n'ai jamais vraiment cru à notre histoire et j'ai eu tort, les histoires improbables sont celles qui ont le plus de chance de durer.

« Je t'embrasse fort. À tout de suite. »

Treize heures. J'attends le docteur E. qui doit vérifier l'état de mes bronches et de mes poumons, qui est « satisfaisant » selon l'expression même du professeur B. qui sait un peu de quoi il parle en ce domaine. Il m'a ausculté vendredi, fait passer une radio de contrôle. Le docteur E. va donc débouler ici comme il le fait depuis vingt ans en sifflotant. Je veux qu'il me débarrasse de cette toux sèche qui m'encombre sitôt levé. Curieusement, je ne tousse pas la nuit. Ce sont les suites logiques postopératoires, m'a répété hier le professeur B. qui a cette bonté de téléphoner régulièrement autour de vingt heures pour me rassurer. Je vais quand même demander au docteur E. un bon vieux sirop de grand-mère, du genre de ceux que je prenais avant tout ça, quand une pastille, un sirop ou une friction de Synthol, ma drogue préférée, suffisait à me guérir.

La femme du Duc vient de nous amener des œufs frais et une tarte aux mirabelles, j'en mangerai à l'heure du thé, j'ai laissé quelques kilos sur les billards.

« Ça vous donne une silhouette d'adolescent », me dit une voisine pour être aimable.

De vieux gamin, oui.

Attendre, nous passons notre vie à attendre d'aller un peu moins mal ou un peu mieux.

« Ah bon, mais on t'opère de quoi, de quel mal souffres-tu ? »

Il y a des gens qui posent ces questions-là. C'est incroyable mais c'est ainsi, il y a des gens qui veulent absolument savoir ce qui nous attend et ce qui les guette. Sans doute ne sont-ils pas tous malveillants, ni ravis de nous savoir malheureux, mais ils veulent savoir, curiosité morbide, goût du malheur, de toute façon ils ne peuvent rien. J'en ai esquivé des centaines, de ces questions insidieuses, plus franches parfois. Je répondais qu'on allait m'opérer, en effet, et pas de l'appendicite, cela me semblait suffisant comme réponse. On peut bien m'interroger sur les qualités sexuelles de mon amant de la veille ; ce ne serait pas indiscret, amusant plutôt, me donnant l'occasion de me vanter un peu, mais en quoi cela regarde les gens, ce qui devrait n'intéresser que nous et nos docteurs.

Il a dû m'arriver de me plaindre de mon dos ou de ma gorge à l'un ou l'autre de mes proches. Stéphane a supporté tendrement mes jérémiades, mais je ne suis pas enclin à me laisser aller aux confidences intimes, de celles qui nous rongent. Déballage pour moi. Soulagement pour d'autres, je ne juge pas. Je procède par allusions, je dévie sèchement la conversation de ceux qui insistent. Cette fascination pour la maladie est incompréhensible pour moi – mais je reste très minoritaire si j'en juge par les records d'audience que font les séries médicalo-sentimentales que diffusent les chaînes de télévision à longueur de temps. Le beau chirurgien et la belle infirmière, je comprends bien que cela fasse rêver les ménagères fatiguées de leurs vieux maris en short, mais les choses ne se passent pas du tout comme ça à l'hôpital. Pas vraiment érotique, l'incessante noria des chariots de vaisselle et de lits, où parfois on agonise.

La maladie inquiète et fascine, moi elle me dégoûte. Il n'empêche que l'on doit pouvoir s'aimer, j'entends batifoler, à l'hôpital comme ailleurs. Je n'avais pas vraiment la tête à ça ces nuits-là où je n'étais vraiment attentif qu'à la bonne marche des perfusions qui me servaient de ciel de lit.

*Morterolles, 15 août*

« Vous devez bien vous reposer dans votre si belle propriété... ce qu'on voit de la route en passant est vraiment magnifique, les étangs, les fleurs, les cascades... »

Si les gens qui m'écrivent ou me disent cela depuis des années savaient le souci que me donne l'entretien des parcs, des sous-bois et des prés, ils ne m'envieraient pas. L'endroit est bien trop grand pour moi. Une cabane en bois et une mare à canards devant m'auraient suffi, mais « l'occasion a fait le larron », comme dit le proverbe si bien approprié à ma situation. Il s'agissait il y a vingt ans de nous protéger en achetant les alentours et puis cela nous enthousiasmait, Stéphane et moi, de nous installer ici, chez nous, sans réaliser ce qu'il nous en coûterait, non pas d'argent (la terre et l'herbe à vaches ne valent plus grand-chose), mais de problèmes de bornage, clôtures, entretien, etc.

Comme je ne suis pas du genre à laisser un fil barbelé qui pendouille ou un petit pont de bois incertain, on voit que je me complique la vie à plaisir. C'est Stéphane, c'est pour lui, pour ses chevaux, ses ânes « qui ont besoin d'espace », argument imparable, que nous avons acheté, acheté encore. Ce « chez-nous » qu'il adorait n'est plus chez moi, il reste chez lui. C'est pour lui encore que je m'épuise à diriger une armée de jardiniers, menuisiers, peintres, plombiers, garagistes. Les tracteurs, les tondeuses ont toujours une courroie cassée. Il m'a fallu tricher beaucoup ces derniers mois pour laisser croire que la plantation de trois mille roseaux censés épurer la qualité de l'eau ou que la tristesse des dahlias me passionnait éperdument.

Entre deux allers-retours à Limoges, je reprenais ma canne et mes sabots aussi souvent que j'en trouvais la force pour simuler le tour du propriétaire, le plus souvent entraîné par Serge T. ou Didier, mes compagnons d'infortune. En me voyant passer, on ne pouvait rien deviner des blessures sous ma chemise. Quant à la canne, je ne la quitte pas depuis novembre 1988. Anny Gould me l'avait offerte, je peux marcher sans

– Dieu merci, allais-je écrire, emporté par une reconnaissance que je dois peut-être au ciel après tout. Dans tous les cas, ma canne n'indique pas encore mon grand âge qui viendra, je l'espère, plutôt un bâton de majorette le plus longtemps possible. Oui, cette propriété est bien trop grande pour moi seul, les amis qui viennent m'y rejoindre ne sont que de passage, ils se trouvent bien ici mais ils s'en vont.

Je rêve depuis quelque temps, depuis peu en vérité, de me débarrasser de tout encore et toujours, jeter, brûler, vendre aussi même s'il n'y a aucun risque que je finisse sur la paille.

La chambre 216 au Grand Hôtel de Cabourg, Saint-Malo, Biarritz, Belle-Île-en-Mer, ça finira comme ça ; un matin il me prendra d'envoyer tout par-dessus les moulins, Morterolles et quelques inutiles qui traînent autour de moi. New York avec Serge T., je le lui ai promis, Montréal de nouveau en hiver, l'Europe du Nord et de l'Est... Je n'ai jamais fait de projet à long terme, moins encore aujourd'hui, mais de brèves escales de palace en palace, voilà qui me comblerait. Aucune responsabilité que mon sac de voyage le plus léger possible et pour l'intendance, réservations, taxis, trains, avions, Jean-Christophe saura m'arranger ça. Un rêve, en effet, que ces voyages sur le papier. À l'instant même où je les idéalise, j'oublie les lacs italiens et suisses (mon ami Pudlowski saurait me conseiller). Mais je me déteste d'envisager ces embarquements et de ne jamais m'y résoudre. Avec toujours pour excuse le travail, la santé, l'accablement aussi qui me prend à l'idée de patienter trois, quatre heures aux douanes de Kennedy Airport.

« On est aussi bien chez soi », disait-il. Insupportable vieux garçon dès mes vingt ans. Je tiens de mon père ce côté casanier. Mon père qui travaillait au volant de son taxi douze heures par jour n'avait pas d'envies de riche, Megève ou Monte-Carlo ne lui faisaient pas briller les yeux.

Moi oui, j'y suis allé, j'en suis revenu. Depuis que tout le monde va là-bas, depuis qu'il me suffirait de sortir une carte en or de mon portefeuille, je ne vais nulle part. Ce matin, en ouvrant *Le Figaro*, j'ai vu où mes petits copains de la télévision s'égayaient, ils m'ont rendu jaloux. L'été dernier, je tombai par bonheur sur un jeune homme tout nu dans la piscine de Bernard Montiel, mon très bronzé camarade du Pyla. Nous avions dîné chez Bernard Laporte sur le port d'Arcachon. Philippe, Jérôme étaient là, et par chance la mobylette du jeune homme est tombée en panne juste devant mon hôtel. Il était quatre heures du matin. Que faire ? J'ai eu une idée. Je commence cette journée du 15 août 2007 en me désolant à mes fenêtres de tant de beauté à entretenir et je me retrouve la tête entre les cuisses d'un jeune homme assez bien élevé pour ne pas s'endormir trop vite.

Le sirop de grand-mère recommandé par le docteur E. est écœurant mais, semble-t-il, efficace puisqu'il me donne légèrement mal à la tête et un peu de fièvre. J'ai très mal dans le bras droit, autour du sein. « Rien de grave, situation parfaitement normale », disent-ils. En attendant, je souffre sérieusement, j'ai jeté l'antidouleur qui m'endormait sans me soulager pour prendre du Doliprane 1000 qui ne me fait aucun effet non plus. J'ai lu récemment que c'était le médicament préféré des Français. Le docteur E. revient vendredi. Je lui demanderai de trouver un remède, il en a des centaines, je crains que ce ne soit tous les mêmes.

À l'hôpital, les infirmières étaient très étonnées du peu d'usage que je faisais de la morphine sur simple pression d'un bouton à ma disposition. En comparaison d'autres patients, j'étais le plus résistant à la douleur. On me regardait un peu comme « le costaud des Batignolles ». Je me vante, mais il y avait de ça et j'en jouais. Ce soir, si j'avais un petit bouton à morphine, je m'en servirais.

*Morterolles, 16 août*

Prudy est de retour à Morterolles. Inchangée, plutôt rajeunie même, elle ne fume plus, ne boit plus et si l'on n'échappe pas à ses survêtements en plastique bleu, elle porte désormais des chemisiers de soie pour dîner, des jupes de bon goût. Il y a un peu moins de dix ans qu'elle ne venait plus, lassée sans doute et des lieux et de moi, de mes amis. Comme beaucoup d'ailleurs étaient lassés d'elle. Son côté madame Je-sais-tout agaçait, je n'en pouvais plus de ses braillements marseillais. J'avais écris cela dans mes premiers journaux, ça ne lui avait pas fait plaisir et puis elle déteste Françoise, la dame du Moulin chez qui nous étions accueillis pourtant avec beaucoup de tendresse. Jalousie de femme. Je ne me mêle jamais de cela. Comme la Mathilde de Brel,

Prudy est revenue au pays, la petite maison que je lui avais offerte ne lui convient plus. Je lui en ai prêté une autre, plus grande, entourée de roses avec un vieux puits et des sapins autour. Rien ne prouve que ça lui suffira, pour l'heure tout va bien, elle est heureuse d'être revenue dans ce pays qui n'est pas le sien où elle a pourtant vécu avec nous des moments délicieux.

Elle m'explique depuis hier que seule la confiture de myrtilles guérit de tous les maux, de la gorge à la plante des pieds, et elle insiste. Autrefois, je l'aurais envoyée paître mais j'ai vieilli et ma voix a foutu le camp.

J'ai conseillé à Serge T. de ne pas entretenir Prudy, dont il vient de faire la connaissance, de Rimbaud, de Montaigne ou de Lautréamont, d'abord parce qu'elle ne sait pas qui sont ces gens-là et d'autre part parce qu'elle s'en moque.

Il y a dans ma vie toutes sortes d'hommes et de femmes qui ne savent ni lire ni écrire, ou à peine, et sur qui je peux compter. Prudy n'est pas bête mais elle préfère se coltiner le moteur de sa voiture plutôt qu'une page de n'importe qui.

Des pages et des pages, partout dans les quotidiens et les hebdomadaires, des reportages à la télévision, des commémorations à Memphis, à Londres ou dans des bars-tabacs en Belgique. Elvis Presley est mort il y a trente ans et c'est sur notre jeunesse que nous pleurons. Le président Paucard, pour qui « le King » reste le dieu, a envoyé deux pin's, l'un pour Christiane, l'autre pour Serge T., et pour moi la réédition d'un livre de Jean Cau, *Croquis de mémoire*, que j'avais lu à l'époque de sa parution. La pensée d'un homme qui passe de Sartre à la rive droite a forcément quelques qualités.

J'avais appris la mort de Presley au fin fond d'un souk à Meknès au Maroc, où nous baguenaudions, mes amis Pascal A., Guillaume et d'autres, sur le vieux transistor poussiéreux posé sur une étagère parmi les théières et les soupières à tajine. Les morts de Marilyn, de Claude François, de Dalida, bien sûr, me ramènent aussitôt à l'endroit précis où j'étais, ce que je faisais exactement. Il en va ainsi de chacun. La mort nous frappe d'autant plus qu'elle est imprévisible ce jour-là, à ce moment-là quand nous pensions plutôt à la fête, à l'amour.

Ce 16 août 1977, je batifolais au fond des échoppes ou des bazars avec des garçons en djellaba disposés à toutes sortes de jeux pour peu qu'on leur achète au meilleur prix des babioles en plâtre ou en faux cuivre. Qu'importe, ils étaient joyeux et nous aussi. La célébration du trentième anniversaire de Presley a leur beauté gentille et sauvage. J'ai gardé la photo de quelques-uns d'entre eux, si fiers de poser nus sur les plages, de nous porter dans l'eau. L'aéroport d'Agadir était une baraque en bois, il n'y avait qu'un seul hôtel, pas de tour-opérateurs ; que nous, maîtres de nos désirs, de nos plaisirs, accueillis en famille, assis en rond autour d'un plat géant de couscous. Des femmes voilées en noir, en bleu parfois, nous servaient, elles nous remerciaient d'aimer tant leurs fils, nous encourageaient à les emmener avec nous en France. Mais ces affaires-là ne finissent jamais aussi bien qu'elles ont commencé.

Grande opération médiatique en ce moment contre la corrida. Mes amis Renaud et Brigitte Bardot mènent ce combat, défilé, banderoles, pétitions. J'ai signé bien évidemment. Ce spectacle me fait horreur, encore que le cul des jeunes toréadors ainsi moulés de rose...

Pierre S., qui rentre de vacances, m'appelle à l'instant et se propose de venir jusqu'à moi si je le souhaite. Je ne lui ai pas dit que j'écrivais de nouveau, d'abord par une idiote superstition et ensuite pour ne pas le décevoir si je lâchais prise. Pierre S., mon plus sûr allié dans cette aventure de journal, Pierre S. qui aime la Grèce, le sable brûlant, la corrida, les chats, tout ce que je déteste. Cet homme-là m'aura compris assez vite, assez bien. Le lien qui nous unit est indéfectible.

*Morterolles, 17 août*

Prudy et Serge sont partis se promener à La Souterraine où il n'y a rien à voir, mais du moment qu'il s'agit d'aller fouiner dans quelque boutique, Serge est d'accord. Prudy qui ne le connaissait pas le trouve étonnant. Si elle m'avait bien lu, elle eût été moins surprise, il est un personnage clé de ce journal depuis le printemps 2000 où il se présenta devant moi au stand du Salon du livre où je dédicaçais. « Je m'appelle Serge, merci pour tout ce que vous faites pour Marcel Jouhandeau, j'ai failli être son gendre... Je vous raconterai. » Il m'a raconté depuis, ça et le reste. Avec Prudy en ce moment même, de quoi peuvent-ils bien s'entretenir ?

Quel couple improbable que ces deux-là, mais Serge T. trouve toujours un sujet de conversation. Tout l'intéresse, il regarde des vieux James Bond la nuit à la télévision et fait sonner son réveil le matin pour ne pas rater un épisode d'*Amour, gloire et beauté*, tout un programme qui convient, je le sais, à Prudy. Elle lui raconte sûrement les jours heureux de sa jeunesse quand elle était chanteuse dans les bordels de Jo Attia.

*Morterolles, 18 août*

Cette niaiserie sans nom de Simone de Beauvoir : « On ne naît pas femme, on le devient », je la relève avec plaisir dans un bêtisier du *Nouvel Observateur* qu'on ne savait pas aussi irrévérencieux avec Lacan, Marx, J.-J. Rousseau et quelques autres.

On naît avec les yeux bleus ou avec un grand nez, on naît homosexuel, on ne le devient pas. Comment peut-on soutenir le contraire ? L'inné, l'acquis, toujours la même rengaine et les interminables bagarres d'anthropologues et de généticiens. Il est évident que l'on ne devient que ce que l'on est, tout le reste est parler pour ne rien dire. Nicolas S. le pense, et il a bien fait de le dire.

Le gène du criminel, de la pédophilie n'existe pas, disent les savants. Là on peut éventuellement les croire, les hommes ne naissent pas égaux, ce serait trop affreux, ni criminels ni pédophiles. En revanche, et curieusement personne ne discute cela : « on naît intelligent et hétérosexuel », on ne le devient pas. J'étais à l'hôpital, je crois, quand l'entretien de Nicolas S. avec Michel Onfray a fait tant de bruit. Ça n'a pas empêché les Français de l'élire triomphalement.

Naît-on président de la République ou le devient-on ? Le gagnant aura droit à un abonnement au *Nouvel Observateur*. Ma bible depuis trente ans.

Maman, à petits pas au bras de Jacqueline, venue m'embrasser en rentrant de La Souterraine où elles sont allées faire des courses. Ma mère marche, c'est un miracle quand on sait dans quel état sont ses genoux, mais elle marche. Volontaire, elle s'oblige chaque jour à faire le tour de son jardin.

Comme je lui ressemble... Nous avons réussi à lui cacher mes séjours à l'hôpital, les opérations et les détails de ces quatre mois. Elle m'a trouvé « maigrichon », ce qui est vrai. Ma voix l'a inquiétée, mais je lui ai expliqué que ce n'était rien que les suites post-opératoires de la vésicule biliaire. Je ne suis pas sûr qu'elle m'ait cru, mais Jacqueline saura la rassurer car je sais bien qu'elle lui pose beaucoup de questions à mon sujet. Si nous avons rusé tout l'été, c'est pour lui épargner des cauchemars supplémentaires. Quand elle s'étonnait de ne pas m'avoir entendu au téléphone depuis trop longtemps, Jacqueline lui racontait que j'étais chez des amis, dans une campagne où les portables ne passaient pas. Comme si c'était mon genre de dormir ailleurs que chez moi.

Il ne fallait pas qu'elle sache, elle n'a pas su et d'ailleurs très peu de gens ont su. Si j'écris aujourd'hui, c'est parce que je ne sais rien faire d'autre et que je ne veux pas mourir d'ennui en attendant de retrouver peut-être la lumière des projecteurs. De ce tunnel, je ne veux pas sortir comme un dingue au risque de prendre le premier mur, je dois réapprendre à marcher droit, à sourire.

– Tu n'as pas encore retrouvé ton vrai sourire, me disait Serge, hier au soir à table. L'ovale de tes joues se redessine, tes mains sont moins blanches, mais le sourire qui change tout, celui qui vient de l'intérieur de toi, celui-là, je le guette...

Serge a trop évidemment raison. La bagarre n'est pas gagnée. Je ne veux pas, je ne peux pas sourire trop tôt.

*Morterolles, 20 août*

Je viens de téléphoner à Samuel qui fait la fête à Saint-Tropez avec ses copains, je lui ai proposé une escapade fin septembre à Cabourg au Grand Hôtel chambre 216, la nôtre il y a un an quand tout allait bien et que je ne prenais pas de dessert pour ne pas grossir.

Cela se passe à table, à La Frette on le suppose, le 3 décembre 1957. Jacques Brenner rapporte l'anecdote dans son journal, qui me régale malgré l'abus des initiales qui finit par agacer. Chardonne demande à Mauriac quel est son point faible. Mauriac désigne sa gorge en guise de réponse. Chardonne réplique ceci qui n'est pas mal : « C'est une bénédiction du ciel, mon cher, ce que vous avez à dire ne pouvait l'être qu'à voix basse. Tout à l'heure, ne m'assuriezvous pas que vous haïssiez les catholiques ? » Tout Chardonne en deux phrases, l'intelligence, l'esprit et la vacherie qui ne tarde pas.

*Morterolles, 21 août*

« La pluie ne cesse de tomber, viens plus près de moi. » Je pense à la chanson de Bécaud, à mes dix ans qui vont avec, mais ce matin la pluie me déprime. Je vieillis.

– Dors, mange, promène-toi, écris, reste tranquille et tout va rentrer dans l'ordre.

J'aime que le docteur E. me dise cela avec tant de conviction que je le crois. Il reviendra vendredi.

Entre deux mauvais moments, je lis les quotidiens et des livres que Gérard m'envoie, de ces livres introuvables et que d'ailleurs personne ne cherche. Le journal d'André Blanchard *Entre chien et loup, Contrebande*, aux éditions Le Dilettante, tout comme *Riverains rêveurs du métro Bastille* de Cyrille Fleischman, chronique drolatique et tendre du quartier juif de ma petite enfance. Dominique Gaultier, le patron du Dilettante, avec qui j'ai dîné il y a quelques saisons déjà, a vraiment un goût très sûr pour la littérature. Il édite des livres rares que personne n'achète, c'est sa gloire. Par chance pour ses finances, il publie aussi Anna Gavalda, celle-ci compense ceux-là.

Sur la couverture de *Mon libraire, sa vie, son œuvre*, une photo en noir et blanc d'un homme jeune des années cinquante, genre sosie de Gérard Philipe, en train de dévorer une pile de livres. L'auteur de l'essai s'appelle Patrick Cloux et on se demande qui, à part moi, peut bien se régaler avec ça. Aux éditions Le Temps qu'il fait, le ciel doit se couvrir à l'heure des comptes, il n'empêche que leur catalogue est plein de bonnes surprises.

*Morterolles, 22 août*

Je m'impatiente. Autant j'ai su prendre mon mal en patience depuis ce sinistre 31 mars, autant je suis agacé de ne pouvoir chanter, au moins fredonner par-dessus les prés et les moulins.

J'ai envie de cela, je me désespère dès mon réveil de ne pouvoir crier sinon ma joie, ce serait trop, mais mon envie de reprendre ma route en chansons et de répondre oui assez fort à ceux qui me demandent si je vais mieux. J'allais très bien au début de l'année et pourtant... On ne sait jamais si l'on va vraiment aussi bien qu'on le croit. Ni aussi mal, heureusement. On ne sait rien, on espère, on prie, ou l'on croise les doigts. Et l'on fait avec ce que la vie nous donne ou nous reprend. Je sens Paris frémir de nouveau. Jean-Christophe et Gérard tiennent le bureau, ils m'informent des nouveautés, des bruits de couloir. Ils sont ma voix pour expliquer aux curieux, certains légitimes, que la rentrée à la télévision se fera sans moi cet automne. Pour qu'on n'en fasse pas un drame, je vais donner une interview à Matthias Gurtler de *VSD*. Du côté de chez mon éditeur, Pierre S. prend régulièrement de mes nouvelles. Il sera surpris lorsqu'il saura que j'écris. Si je mène à bien ce journal, ce qui n'est pas certain (les retours sur la période avril-juillet font peur), Pierre me dira s'il faut le publier ou pas. Je n'ai aucune idée de l'intérêt de ces pages imprévues, je ne me relis pas.

Un jeune couple rôde dans les parages depuis une semaine, sous la pluie le plus souvent ils vont et viennent inlassablement « sur mes pas et ceux de Stéphane ». À Serge T., qu'ils regardent comme un héros de roman, ils ont expliqué leur passion pour Morterolles à travers nous deux, « un journal et notre nom les guident », disent-ils. Je m'en veux parfois d'avoir créé une légende autour d'un patelin qui ne vaut pas un clou, pas mieux en tout cas que d'autres qu'on traverse sans les voir. Je ne regrette évidemment pas une ligne de celles qui me furent inspirées par ces lieux que je décrie. Je ne nie pas qu'ils furent un refuge, que Stéphane les a aimés beaucoup.

*Morterolles, 23 août*

Seize heures. Philippe, qui part pour Rome demain, m'appelle à l'instant d'une rue de Paris. J'entends le bruit de la ville. « C'est urgent », me dit-il... Comme il s'en va remettre à Julliard, son éditeur, le manuscrit de son prochain roman, un doute l'assaille brusquement à propos du titre.

– Tu vas me donner ton avis mais je crains déjà ta réponse... que préfères-tu : *Un homme accidentel* ou *Celui des deux qui reste* ?

C'est tout Philippe. Comment peut-il hésiter ? Suivra-t-il mon avis, son éditeur l'acceptera-t-il ? C'est évidemment le second le plus évocateur, le plus original.

– C'est ton meilleur titre depuis *En l'absence des hommes*, lui dis-je.

– J'en étais sûr... me voilà bien maintenant, j'aimais pourtant beaucoup *Un homme accidentel*, mais je vais suivre ton conseil. Si les gens de Julliard ne m'expliquent pas que c'est impossible, qu'il est trop tard, etc.

Suspense.

*Morterolles, 24 août*

Vu longuement le professeur B. tout à l'heure, conversation familière, Jacqueline assise à mes côtés comme au premier rendez-vous dans ce petit cabinet sombre au milieu d'un fouillis de radiographies, d'échographies et autres documents mystérieux qui font peur. Une amitié est née entre nous en cinq mois, il n'est pas encore revenu du chemin que nous venons de faire ensemble. Moi non plus.

– Je vous regarde là comme ça sans maquillage, sans artifice, et je me dis que personne ne peut imaginer les choses que vous avez encaissées... Sur un vieux *Paris Match* d'il y a vingt ans, je suis tombé sur une publicité pour une croisière que vous animiez. Je vous assure qu'il n'y a pas une énorme différence, vous êtes le même ou presque...

Le sourire si calme du professeur me rassure. Je me sens toujours un peu mieux en sortant de chez lui.

Il m'a lu sans que je l'y invite naturellement, et ça change tout. Il a un peu moins de mon âge, une élégance naturelle. Je ne donne pas plus de détails pour qu'on ne le reconnaisse pas. J'aurais aimé citer son nom dans ce journal ou dans la presse pour lui rendre hommage.

– Je ne suis pas une vedette et puis des journalistes risquent de m'embêter, alors non, je préfère rester dans l'ombre, parlez des infirmières, de leur dévouement, ça oui.

C'est un samedi matin que nous nous sommes rencontrés. Un samedi matin ! Les hommes qui nous sauvent la vie ne regardent pas leurs montres ni s'ils ont dépassé trente-cinq heures.

*Morterolles, 25 août*

Je viens de lire en diagonale *Et si c'était niais*, le livre-pastiche de Pascal Fioretto consacré à quelques gloires de la littérature, Bernard-Henri Lévy, Jean d'Ormesson et moi. Pierre S. m'avait dit : « Vous verrez, c'est plutôt gentil. » Gentil, c'est cela même. N'est pas Jean-Louis Curtis qui veut. Cela dit, je suis évidemment flatté d'une si belle compagnie.

*Morterolles, 26 août*

J'ai très mal dormi. Angoisse, contre-coup. Ma visite vendredi aux professeurs, mes amis désormais, aurait dû me calmer ; ils sont satisfaits, les divers résultats sont excellents. Je devrais donc être soulagé, c'est le contraire. J'ai du mal à croire que je vais aussi bien qu'ils le disent.

– Vous êtes content de vous ? ai-je demandé au professeur C.

– Pas de moi, de vous, oui...

Un grand sourire et nous nous sommes quittés ainsi : « Je ne vous dis pas à bientôt. »

Dimanche sinistre, le même que dimanche dernier. Didier, qui se lève aux aurores, a déjà fait le tour du pays, pris son petit déjeuner. Sur la place de Bessines, il est maintenant chez Aïda où il papote. Les femmes de mon entourage aiment beaucoup voir arriver Didier car elles savent qu'elles vont pouvoir l'entretenir de tout ce qu'elles voudront, de leur arthrose, de leurs petits-enfants admirables d'intelligence et de beauté, du temps de chien qui nous a gâché l'été, du bon Dieu aussi. Didier n'est pas vendéen pour rien. Il a quarante-sept ans, il est célibataire, bien sûr, et s'occupe pour moi à la télévision des accordéonistes et des chanteuses régionales. Il aura été très présent durant ces derniers mois. À sa façon, il sait comment faire avec moi, et ce n'est pas toujours facile.

Si je n'ai reçu personne ici depuis bientôt un an, c'est qu'il me fallait garder mon énergie. J'ai toujours trop donné, je me suis attaché beaucoup de gens de cette façon, un public, un cercle de relations, d'amis ou d'intimes pour cela justement. C'est mon énergie et peut-être quelques autres qualités, mais avant tout mon énergie qui me les attache. Il faudra que je la retrouve avant de revoir ces amis dont certains me manquent, mais je ne veux pas les décevoir en ne leur donnant que la moitié de moi-même.

Pierre S. au téléphone, discrètement affectueux. Je me suis mordu la langue pour ne pas lui dire que j'avais repris ce journal à la volée, sans illusions, mais que je l'avais repris.

Toujours cette idée chez moi qu'il ne faut pas se réjouir trop tôt.

La mort de Raymond Barre. Je me souviens d'avoir entendu François Mitterrand à table, un dimanche moins sinistre que celui-ci, dire tout le bien qu'il pensait de l'homme, de ses qualités d'économiste. Un dimanche de Pentecôte, il y a si longtemps, quand on pouvait être heureux.

– Tu ne vas pas lâcher maintenant, tout va bien, arrête de te faire du mal !

Ma sœur Jacqueline me secoue un peu. Elle a raison, je ne peux pas lui faire ça alors qu'elle m'a aidé à surmonter des heures terribles. Alors qu'elle est en droit de souffler un peu.

Toute seule comme une grande, elle aura remplacé mon père, ma mère et Stéphane. Toute seule, elle aura eu les mots qu'il fallait, le sourire. Pas de folles embrassades, ce n'est pas le genre chez nous. Pas de larmes, une force intérieure, une volonté de ne pas nous laisser faire nous a réunis comme jamais. Jacqueline est un roc, elle a une vie, un mari, des fils, un petit-fils, ma mère à soigner, elle a tout sur le dos sans se plaindre jamais. Un genre de sainte en mouvement, capable de repeindre les murs de sa cuisine avant de foncer à l'hôpital me retrouver. Elle aura passé ces dix dernières années au chevet de mon père, de Stéphane, de ma mère et maintenant de moi. Je dois absolument lui rendre tout ce qu'elle m'a donné. Et dire que petite fille dans mes pattes, moi l'aîné, le seul garçon de la maison, elle m'énervait. Je lui tirais les cheveux, paraît-il. Revenir à ces jours de notre enfance si douce et lui tirer les cheveux.

Il y a trois ans, Julien était là, pendu à mon cou. Il me trouvait le plus beau du monde, c'était lui bien sûr le plus beau du monde. J'entends son rire sous la douche le soir de son arrivée, il avait inondé la buanderie. Sa chambre était un foutoir d'adolescent, baskets et tube de dentifrice dans le même sac en plastique jeté sur le lit, des jeans et des tee-shirts roulés en boule, des CD, son téléphone portable plein de SMS de filles. À Julien, je dois sans doute le dernier été bouleversant de bonheur de ma vie. Serge T., qui l'a partagé avec moi, sait quelle folie ce fut. Je n'ai pas perdu la tête, pas un instant, la passion ne dure jamais, moins encore entre un très jeune homme et un homme qui a eu quinze ans avec les Beatles. Je n'ai pas perdu la tête, mais je me suis nourri de ses baisers, j'en garde le goût sucré. L'amertume n'est pas ma tentation. Le bonheur avec Julien était inéluctable, je savais aussi qu'il était provisoire.

Un jour, peut-être, il me présentera sa femme et ses enfants... J'écris cela, mais je n'y crois pas, ça fait joli dans le genre roman-photo mais c'est une perspective affreuse. Julien doit rester le garnement tendre et turbulent qu'il fut sur mes genoux, dans mes bras, dans mon lit. Il m'a aimé comme seul avant lui Stéphane m'a aimé, sans arrière-pensée, sans autre désir que moi.

De ces deux-là, de leur pureté, je n'ai jamais douté. De combien d'hommes ou de femmes pouvons-nous dire cela sans trembler ?

*Morterolles, 27 août*

Les mirliflores du parti socialiste prétendent convoquer Cécilia Sarkozy pour qu'elle leur explique pourquoi elle est allée en Libye et ce qu'elle a bien pu raconter au délicieux colonel Kadhafi. Mais en quoi ça les regarde, la vie privée de la femme du président de la République ? Qui a-t-elle insulté, assassiné ? Oui bien sûr, elle est revenue dans un avion accompagnée des infirmières bulgares, et ça c'est louche. Et il faudrait qu'elle s'excuse, en plus ? Que Claude Guéant, secrétaire général de l'Élysée, donne des précisions au Parlement suffit. Chaque fois que Cécilia voyage, déjeune, dîne ou se promène avec quelques personnalités politiques, que ce soit au bout du monde ou à côté de chez nous, si elle doit demander la permission à monsieur Moscovici, on tombera vite dans la farce.

Quatorze heures quinze. Matthias Gurtler et son photographe journaliste à *VSD* sont déjà dans le train du retour sur Paris. Une visite éclair. Deux heures pour faire des photos dans le parc inondé de soleil, je n'ai pas donné d'interview depuis dix mois, il fallait que je parle pour faire taire la rumeur. C'est fait, j'ai répondu une fois pour toutes à l'inquiétude des uns, l'intérêt louche des autres. Matthias n'en est pas revenu de me voir bondir ici et là, de mon bureau au milieu des prés. Dieu sait ce qu'on a pu lui raconter à Paris, cela m'importe si peu que je ne lui ai pas posé la question.

L'article et les photos qui paraîtront le 5 septembre devraient paralyser les bouches méchantes.

Jean-Christophe m'a réinstallé Internet sur une table ronde dans ce qui était le bureau de Stéphane. L'engin était tombé en panne sans que je m'en serve, c'est dire qu'il ne m'a pas beaucoup manqué ces derniers mois.

– Comme ça, me dit-il, je pourrai t'envoyer des documents, des articles, des photos... Tu verras, tonton, c'est super... Pour te distraire, je t'ai déjà mis sur l'écran une quarantaine de rugbymen qui pourraient t'inspirer...

Je souris quand mon grand neveu me recommande avec un clin d'œil quelques photos. Je viens de les regarder, pour le moins olé olé. On aura beau dire, les rugbymen auront beaucoup fait pour le rapprochement des sexes et les différentes manières de s'en servir. Ils ont beau s'exclamer en chœur qu'ils ont posé pour la gloire et émoustiller les ménagères de moins de cinquante ans, ils ne sont pas tellement mécontents de nous émoustiller aussi. Il y a quelques lascars du Sud-Ouest qui faillirent s'étrangler à la parution du premier calendrier, sur le mode « putaing, nous on est pas des pédés », et puis ils se sont habitués ; après tout, les troisièmes mi-temps ne sont pas réservées aux eunuques.

Dix-huit heures trente. La lumière s'apaise sur Morterolles, quelque chose de moins brutal va commencer : l'automne. J'attends toujours cette saison avec gourmandise. Je continue à penser qu'il ne peut m'arriver que des choses gentilles en automne, contre l'évidence même. Stéphane et mon père sont partis en octobre, je suis né en octobre, et alors ? Ce mois-là ne me protège pas des chagrins. Je le sais, mais ne veux pas l'admettre.

*Morterolles, 28 août*

Didier est en train de chercher sur Internet des recettes sur la meilleure façon de préparer un dîner aux girolles. Mais comment a fait ma mère toute sa vie pour nous faire la cuisine sans Internet ? Cela me sidère de les voir tous se précipiter sur cet engin miraculeux pour tout et n'importe quoi, et qui répond à tout et n'importe quoi. Malgré l'insistance de Jean-Christophe à me brancher, je ne saurai jamais m'amuser avec ça. Cette incapacité à m'adapter aux progrès de la technologie me désole. Je suis d'un monde passé.

Un sénateur américain de soixante-deux ans obligé de s'expliquer à la télévision et finalement de démissionner parce qu'il a fait du pied à un agent de police dans les toilettes de l'aéroport de Minneapolis. Ce monsieur Larry Craig, élu républicain de l'Idaho, était connu pour ses positions homophobes, ce qui donne du piquant à cette histoire charmante qui enchante les Américains. Ils s'emballent, ils s'emballent et finissent par pardonner. Il n'y a pas mort d'homme, l'agent de police devrait être flatté au contraire de réveiller la libido d'un sénateur homophobe.

*Morterolles, 29 août*

« Ça roule pour Bertrand », pourrait-on dire si l'on avait l'esprit blagueur, ce qui n'est pas exactement mon humeur aujourd'hui... Il n'empêche que cette envolée de vélos dans Paris est un triomphe et qu'une fois de plus Bertrand a bien vu. Sont-ce ces impossibles alliés verts qui ont inventé un pareil manège ? Toujours est-il qu'il fait recette. Même Jean-Noël M., qui n'avait pas de tendance spontanée pour le maire de Paris, vient d'enfourcher.

– Ton copain Bertrand, je le bénis, j'ai hésité trois semaines. Je ne voulais pas jouer les bobos mais j'ai craqué et depuis je ne peux plus m'en passer...

Jean-Noël votera-t-il Delanoë pour cela au printemps prochain ? Comme quoi on se fait élire en promettant la lune alors qu'une bicyclette suffit.

*Morterolles, 31 août*

Jean-Noël suite. Mon cycliste boboïfié par Bertrand D. est par ailleurs lecteur infatigable. Comme je lui demandais s'il avait lu le nouveau journal de

Gabriel Matzneff, que j'ai commencé moi-même la nuit dernière, il a eu cette réponse merveilleuse :

– Tu sais à quel point j'aime Gabriel, mais là ce n'est pas possible, il y a vraiment trop de filles là-dedans, je n'arrive pas à retenir leurs prénoms ni laquelle suce mieux que l'autre...

Matzneff, notre ami commun au style si pur le plus souvent, ne recule pas lui-même devant quelques trivialités quand elles s'imposent dans son récit érotico-littéraire. Il est beaucoup question de sexe dans ce volume amoureux, et quand *Les Demoiselles du Taranne* s'allongent, ce n'est pas pour faire la sieste. Le commentaire de Jean-Noël m'a fait sourire tant il est pertinent. Moi non plus, je ne m'y retrouve pas dans ce pensionnat en folie, mais je me laisse conduire entre Saint-Germain-des-Prés et Manille où Matzneff a ses habitudes.

Tout cela date d'il y a vingt ans, autant dire un siècle. Si Matzneff a toujours le ventre plat, tient-il toujours la distance au lit, devrons-nous attendre vingt ans pour le savoir ? Et ses jeunes filles seront grands-mères.

*Morterolles, 1er septembre*

Les jeunes filles qui fascinaient tant Chardonne, qui font se pâmer Matzneff, et quelques autres mâles sur la planète, ont parfois des goûts, des passions bizarres. Je ne trouve pas du tout bizarre d'inspirer des beaux sentiments aux jeunes filles, ce matin pourtant le mail de Sarah m'a surpris, touché. Plairait-elle à Gabriel, cette petite Sarah de quinze ans ? Ce qu'elle m'écrit prouve qu'on ne peut pas douter des délires amoureux qu'inspire Matzneff et qu'il raconte complaisamment. Sarah ne me fait aucune proposition scabreuse, elle me demande seulement de seconder son professeur de lettres défaillant. C'est bien la littérature qui amène à nous des jeunesses impatientes.

« Je suis de nature réservée et je n'ai pas osé continuer de vous écrire, je ne veux pas abuser de votre temps. Mais voilà l'envie est plus forte que moi...

« Peut-être vous souvenez-vous : je suis Sarah, quinze ans, je regarde vos émissions avec beaucoup de plaisir, et lis vos livres que j'aime beaucoup. Ils sont pour moi une aide importante dans ma vie de tous les jours, un soutien, une bouffée d'oxygène... Ils m'ont appris beaucoup de la vie, de l'amour, magnifique entre vous et Stéphane.

« Lors du décès d'un ami proche il y a quelques années, j'ai cru que jamais plus je ne pourrais le voir, lui parler, que vivre sans lui m'était impossible. Puis en vous lisant, j'ai compris beaucoup de choses (comme je vous le disais au-dessus), même s'il n'est pas là physiquement, sa présence est en moi, je lui parle, j'écris... je le vois grâce aux souvenirs, et je suis là, je vis... Et c'est vous qui me l'avez appris à travers vos livres.

« Vous me bouleversez par votre écriture, par vos mots si justes, si beaux, si durs... l'amour si pur que vous viviez avec Stéphane...

« Merci d'être ce que vous êtes. Je pense souvent à vous, le jour, la nuit, sur les bancs du lycée, je pense à cette force que vous avez qui s'appelle "amour", que Stéphane vous a à jamais donnée. Vous la méritez plus que tout.

« Je voulais vous demander conseil : vous parlez souvent de Jouhandeau et Chardonne, auteurs que vous me donnez envie de connaître et que malheureusement mes professeurs de lettres (je prépare un bac littéraire) ne m'ont pas fait découvrir. Quels livres me conseillez-vous ? Quelles sont vos préférences ?

« Merci pour tout... Je me permets de vous embrasser.

« Sarah. »

Qu'elle m'embrasse bien sûr, mais je ne vois pas quel livre de Chardonne ou Jouhandeau je peux conseiller à une jeune fille de quinze ans. *Les Destinées sentimentales* peut-être, le titre est alléchant. Moi, ce roman me tombe des mains, ce qui m'enivre chez Chardonne, ce sont les essais : *Matinales, Chimériques, Romanesques, Le Bonheur de Barbezieux.*

Je crains que Sarah, malgré sa passion pour moi, ne me maudisse si je lui proposais ces livres-là comme des devoirs de classe. Je serais sidéré que *Le Bonheur de Barbezieux* fasse celui d'une jeune fille de quinze ans en 2007.

Philippe dîne ce soir avec Bertrand D. quelque part sur le port de La Rochelle où se tient un pince-fesses socialiste très chic, baptisé me semble-t-il : université d'été. On ne sait pas très bien à quoi ça sert, mais ça amuse la galerie.

Philippe adore ce genre de manif, gauche bobo, où son intelligence, son rire font merveille. Il se laisse aimer, mais n'est dupe de rien. Je le soupçonne même de prendre des notes au cas où...

J'ai perdu. Son prochain roman s'appellera *Un homme accidentel*, l'éditeur l'a décidé. Dommage. De toute façon ce sera un succès.

Seize heures. Visite de ma mère très pimpante au bras de Jacqueline chez qui elle séjourne depuis quinze jours. Jacqueline a un don particulier pour nous rendre moins triste, je l'ai vue faire avec mon père aussi, avec moi ces derniers mois.

Sur le banc, au soleil devant la maison, nous avons passé une heure à nous extasier de la magnificence des massifs de fleurs (elle surtout), du beau temps revenu, de ma santé, de la sienne...

– Je suis allée hier avec Jacqueline sur la tombe de papa, elle est très bien entretenue, fleurie dessus et autour, c'est parfait.

Elle dit « la tombe de papa », pas un mot sur Stéphane. Pour elle, Saint-Pardoux, c'est d'abord « la tombe de papa ». Je ne relève pas, son oubli n'est pas calculé, elle ne veut pas me faire de peine.

Sait-elle seulement que je ne suis pas pour rien dans l'entretien si « parfait » du lieu sacré ? Francis, le mari de Jacqueline, le surveille avec respect. Il aimait son beau-père et garde de Stéphane un souvenir bouleversé.

– Je voudrais des roses jaune foncé au printemps prochain dans mon jardin d'Antony et dans deux ans un parterre de bégonias...

*Morterolles, 2 septembre*

« Et puis je me fous de la littérature. » Ce cri du cœur, Gabriel Matzneff ne peut le retenir parce qu'une donzelle vient de le plaquer. C'est cela même, nous qui ne vivons que pour écrire, nous nous foutons de la littérature quand il s'agit de sauver notre peau.

Jean-Noël reproche ses jeunes filles à Matzneff mais, curieusement, les garçons à toutes les pages du journal de Jacques Brenner ne le gênent pas. Moi non plus, on s'en doute. De l'étonnement malgré tout à découvrir que le vieil écrivain qui termine sa vie solitaire, un chien galeux sur ses pas, ait eu tant de succès dans sa jeunesse à Saint-Germain-des-Prés – d'amours tumultueuses serait plus juste. Les garçons de Brenner avaient un petit genre gigolos qui vous mènent par le bout du nez.

Entre deux dîners ou cocktails littéraires dont il raffole, et une partie de jambes en l'air, Brenner écrit beaucoup de choses intelligentes, celle-ci par exemple :

« Une grande découverte de la maturité, c'est qu'il ne faut pas croire les gens quand ils se plaignent. Je me suis trop souvent laissé avoir par les sentiments. En fait les gens ne sont ni heureux ni malheureux, ils sont simplement, et cet attachement à la vie, certains l'appellent le bonheur d'être, d'autres la difficulté d'être. Si les gens étaient aussi pessimistes que je le suis, ils seraient sans excuse d'avoir des enfants, futures victimes, futurs cadavres. Le bonheur, le malheur, deux mots différents pour désigner la même chose. »

On a tort, en effet, de s'inquiéter ou de se réjouir du sort de ceux qui se plaignent ou se vantent de leur bonheur fou. Nous ne cessons pas de mentir et de nous mentir.

Je me suis toujours levé tard, avant midi malgré tout, hormis quelques excès lorsque j'étais adolescent.

Le matin donc, vers onze heures actuellement, est le moment le plus angoissant de ma journée. Je me jette sur les journaux pour m'oublier le plus vite possible. À peine ai-je les yeux ouverts que, déjà, je crains le pire. Ce n'est pas nouveau, même si ces derniers mois sortir du lit m'est plus pénible encore. Affronter le monde, les problèmes du monde et les miens, paraître, réapparaître, me battre, me semble au-delà de mes forces.

Après, ça va, je passe sous la douche, je jette un coup d'œil rapide au miroir de la salle de bains, je me trouve toujours moins frais que je ne l'espère et un peu mieux que je ne le crains.

Didier, qui me tient compagnie depuis une semaine, est installé au rez-de-chaussée dans le salon devant l'immense baie vitrée, là où Philippe s'installe pour écrire lorsqu'il passe à Morterolles.

Didier n'écrit pas, ne lit pas, mais se déchaîne dès l'aube sur son ordinateur, ainsi il ne s'ennuie pas en attendant le « lever du roi ».

Serge T., qui revient demain soir, se lève bien après moi, Didier bien avant, nous nous croisons jusqu'au milieu de l'après-midi à l'heure du thé. Je ne vois pas qui, à part eux deux parmi mes intimes, saurait s'adapter aussi bien à mon rythme. Ils sont légers et très présents à la fois. Une chance pour moi, une autre pour eux qui savent pouvoir compter sur mon affection.

Petit courrier du dimanche. Dix-sept heures.

J'ai écrit à Brigitte Bardot pour lui donner les raisons de mon silence. Elle et Bernard, son mari, s'étaient inquiétés auprès de Serge T. de ne pas avoir de mes nouvelles, sinon par la rumeur. Répondu à Renaud Camus qui, d'Écosse, m'a envoyé avant-hier une lettre si affectueuse.

À Bertrand qui vient de faire un triomphe à La Rochelle (chemise bleu ciel de Bizerte, teint hâlé de play-boy), je promets : « Quand ma voix sera revenue, je te la donnerai. » Ça le fera sourire. En début de semaine, il me disait : « Il serait temps que nous refassions des dîners tous les trois avec Philippe. Il dira du bien de Ségolène, toi de Nicolas, et moi... de qui pourrais-je dire du bien ? De moi à tout hasard... »

*Morterolles, 3 septembre*

Dans le milieu de l'après-midi, je ne suis plus qu'un souffle épuisé, je suis l'homme qui parle à l'oreille non pas des chevaux mais de ses amis. Cette impuissance à sortir de moi, à m'exprimer, m'épuise. À table, comme hier au soir chez Françoise au Moulin, j'ai l'air de m'ennuyer, j'écoute sans réagir, ce qui paraît étrange pour qui me connaît.

Quinze heures trente. Nous venons de marcher une heure exactement, Didier et moi, dans le haut du parc du côté de chez Marcel Jouhandeau où les jardiniers s'affairent. Francis, mon beau-frère, qui était de passage, s'étonnait de ne plus trouver une pomme sur le pommier, ni même par terre autour alors que vendredi il y en avait partout. Il croquait une rescapée, déçu de ne pouvoir rapporter à ma mère le panier plein car elle voulait faire une tarte et des confitures.

Des voleurs de pommes à Morterolles comme ailleurs. Que faire ? Rien. Francis, lui, est furibard, prêt à porter plainte à la gendarmerie. Ce serait amusant, d'autant que les gendarmes de Bessines sont extrêmement sympathiques et qu'ils ne me paraissent pas débordés par la délinquance du canton.

J'ai toujours eu beaucoup de succès avec les forces de l'ordre, pas seulement celles que dirige Nicolas Sarkozy. Déjà, au temps béni de mon ami Joseph Franceschi il y a trente ans, les flics m'ouvraient le passage avec empressement. Des garçons entre vingt-cinq et quarante ans qui n'ont pourtant pas exactement le profil attendu de mes admirateurs. Leurs mères, peut-être. Et puis mes grandes tirades à la télévision sur l'ordre, la France éternelle, ne sont pas pour leur déplaire.

Ma sœur Christiane, venue chercher ma mère pour la ramener à Antony, voulait profiter de son passage dans la région pour m'embrasser. J'ai refusé, le cœur serré j'ai refusé. Je ne veux voir personne avant que je puisse parler normalement.

Je vends ce qu'on appelait la maison de Prudy, un deux-pièces en étage à l'entrée du village. Je lui avais donné la liberté de jouissance de l'endroit où elle a passé de nombreuses années. Son côté chiffonnière aidant, elle avait accumulé un bazar inutile et encombrant qu'elle vient de remballer comme si c'était un trésor qu'elle entassera pareillement dans une cave de la cité d'Alfortville où elle habite depuis vingt ans.

Je la vends pour trois sous sans le moindre regret. J'ai trop de maisons, j'ai trop de tout et ça me complique l'existence. Déchirer, jeter, donner, vendre, ce réflexe-là est le bon, celui d'une certaine délivrance.

Quand les choses et les gens pèsent trop lourd sur nos vies : déchirer, jeter, donner, brûler, au choix. Les maisons devenues humides d'avoir été trop longtemps fermées, les sentiments de la camelote, il y a des notaires au coin du bois.

M'arrive ce matin, perdue dans une pile de courrier que Julie ma secrétaire me fait suivre de Paris, une lettre de Marie-Hélène Bourquin-Simonin datée du 7 mars dernier. La veuve de l'écrivain Albert Simonin doit me trouver bien mal élevé de n'avoir pas de réponse six mois après, je vais lui poster à l'instant un mot d'excuse. Mais quel âge peut bien avoir cette femme si vigilante ?

Lorsque j'étais gamin, on voyait souvent le crâne dégarni, la lippe gouailleuse d'Albert Simonin à la télévision. L'auteur de *Touchez pas au grisbi* serait aujourd'hui une star de la télé-réalité.

« C'est en particulier au défenseur assidu de la chanson française que je me permets d'écrire aujourd'hui. En effet, dans votre émission du dimanche 25 février, Liane Foly chantait *Feelings*, en anglais, à votre propre étonnement, m'a-t-il semblé. Elle prétextait que la version anglaise de cette chanson était la plus ancienne, alors qu'elle fut créée, sous son titre *Pour toi* (musique de Loulou Gasté, les paroles d'origine étant de mon mari Albert Simonin et de moi-même), dans le film *Le Feu aux poudres* par Dario Moreno en 1957.

« Lorsque vous reverrez Liane Foly, voulez-vous lui dire que je serais bien entendu ravie qu'elle mette cette chanson à son répertoire, mais évidemment dans la version d'origine, qui fut enregistrée par Line Renaud.

« Je profite de ce contact pour vous adresser un recueil de textes divers de mon mari que je viens de faire paraître. »

L'excellent Nicolas Domenach, marianniste de choc dans l'hebdomadaire de Jean-François Kahn, se scandalise cette semaine que le président de la République propose qu'on puisse juger aussi selon de nouveaux critères les fous ayant commis des crimes atroces. Ça ne plaît pas du tout à Nicolas Domenach, cette compassion pour les victimes dont fait preuve à la moindre occasion Nicolas Sarkozy. Il se demande si au train où vont les choses, trop vite selon lui, on ne va pas présenter devant les tribunaux ces chiens adorables que sont les pit-bulls et autres rottweillers sous prétexte qu'ils auraient déchiqueté une petite fille ou un bébé dans son berceau ou, ce qui est moins grave, dévoré leurs propriétaires.

Nicolas Domenach fait mine de ne pas comprendre, alors qu'il sait très bien que les chiens les plus terrifiants ne risquent rien. Il ferait mieux de s'étonner, comme nous, que les maîtres, eux, ne soient jamais inquiétés ou si peu. C'est devant les assises que devraient répondre des crimes de leurs chiens les détraqués qui les promènent en liberté, les font se reproduire, les excitent à l'attaque.

« Raciste, xénophobe », le nombre d'articles, de commentaires dans lesquels fut ainsi traité Nicolas S.

fait frémir rétrospectivement et sourire quand on voit les jolies couleurs du tiers de ses « ministresses ». Il les aura finalement baladés comme il aura voulu, tous les roquets à ses trousses depuis toujours. Ils tirent la langue d'épuisement, ils se rendent un à un. De quoi ont-ils l'air maintenant qu'ils rêvent de s'acoquiner à un raciste ? Ils ont l'air de ce qu'ils sont, Nicolas S. n'est pas bien grand, mais ce sont eux les nains.

*Morterolles, 5 septembre*

Elle signe ses lettres « Ta vieille fée » car on l'appelait « Fétiche » au temps de sa splendeur quelque part au milieu des années cinquante. Dans les cabarets de Montparnasse, elle roulait des hanches et faisait prendre à des beaux messieurs des vessies pour des lanternes. Ça marchait très bien. Et puis, avec le temps tout s'en va. Fétiche, qui connaît la chanson, est venue me rejoindre dans les coulisses de mon émission à la télévision, elle en garde un bon souvenir, moi aussi. Ce matin, elle m'écrit à propos de ma voix cassée :

« Ne te tracasse pas, c'est une question de temps, ça revient, je te le jure, j'ai eu dans ma jeunesse des copines avec la tête de Bardot et la voix d'Armand Mestral après avoir eu les cordes vocales égratignées par intubage. Toutes, plus ou moins rapidement, ont retrouvé leur organe. Celles qui chantaient en play-back, pas de problème, les autres qui se contentaient de montrer leur cul, encore moins. »

L'humour de cette Fétiche, modèle garanti d'époque, prend toute sa saveur quand on sait que ses « copines » avaient toutes fait leur service militaire. On est donc très heureux pour elles qu'elles aient retrouvé leur organe.

*VSD* est paru, branle-bas de combat. RTL diffuse en boucle depuis hier une interview de Matthias Gurtler racontant avec des mots justes sa visite à Morterolles. Le téléphone n'arrête pas depuis huit heures du matin. Je ne décroche évidemment pas, impossible physiquement de répondre aux amis plus ou moins proches qui sont tombés à la renverse en découvrant les photos prises ici la semaine dernière.

Serge T. et Christiane se relaient pour expliquer que je ne suis pas loin, que je vais bien, que je vais revenir... Christiane me dit qu'il n'y avait plus un exemplaire en vente ce matin dès l'ouverture des marchands de journaux. Je suis soulagé d'avoir dit ce que j'avais à dire, heureux que le personnel du CHU de Limoges sache ma reconnaissance. Et maintenant je me tais. Il n'est pas né celui qui me fera parler de ma santé. Terminé, rideau. Ils peuvent toujours courir, ces oiseaux de malheur. Ce journal s'il paraît (et le conditionnel s'impose encore en ce 5 septembre) donnera de mes nouvelles en temps utile à ceux qui m'aiment. Pierre S., qui sait maintenant que j'écris de nouveau, est sidéré, il ne s'attendait pas à me lire avant longtemps. « Je ne sais pas ce qu'elles valent, mais vous aurez deux cents pages au courrier d'ici la fin du mois. » Je compte bien qu'il se débrouille avec et me dise la vérité.

Journal inutile ? Mauvais titre déjà pris par Paul Morand, comment vais-je baptiser ce neuvième volume ? « 37,2 le matin » ?

Bertrand D. au téléphone. Il a lu *VSD* en prenant son café, il juge l'interview « de haute tenue ». En ce qui concerne la présidence de la République que je lui promets pour 2017, il me remercie mais trouve quand même que ça fait un peu loin. « J'aurai soixante-sept ans, c'est déjà vieux... » Pour quelqu'un qui encourageait Jospin à se représenter, c'est une réaction étonnante. Je crois que Bertrand est impatient, porté par une popularité exceptionnelle, il est prêt. Cela lui plairait bien de se retrouver nez à nez avec Nicolas S. que, d'ailleurs, il ne déteste pas.

Nous n'en sommes pas là, l'histoire ne fait que commencer.

*Morterolles, 6 septembre*

Quand il avait vingt-cinq ans, il aurait pu poser dans le calendrier des dieux du stade. Il se passionne, maintenant (avec succès) pour le rugby. Président du Stade français, Max Guazzini explose de joie dans ce même numéro de *VSD* où je suis moi-même éclatant de sourire. Qui aurait imaginé, lorsque nous étions à Montmartre autour de Dalida, rêvant d'être chanteurs, que nous nous retrouverions dans les colonnes des magazines populaires pour des raisons sans rapport avec nos rêves d'alors ? Max, qui a trois ans de moins que moi et a une carrure d'athlète, a passé l'âge de la mêlée même si j'en connais quelques-unes ou quelques-uns qui ne lui refuseraient pas une place.

Le banc de touche a sa préférence. Demain commence un mondial qui passionne déjà les foules. Max n'est pas innocent de cet engouement nouveau pour un sport rustique.

Il vient d'envoyer un SMS à Jean-Christophe pour qu'il me transmette son contentement d'être en photo dans le même journal que moi.

Il faudra que je me décide à assister à un match au Stade de France, assis dans la tribune d'honneur entre lui et Bertrand. Réunis comme il y a trente ans et des poussières, la jeunesse, les illusions, les convictions. Notre désir commun de ne pas rester les bras croisés à regarder passer les trains.

Il y a trente ans et des poussières, rien de tout cela n'était pensable et sûrement pas la destinée de Max, passant du banc des avocats à la cour d'assises puis à la présidence d'une radio de jeunes, avant de découvrir les joies du sport et les sportifs.

Il n'y avait pas de maire à Paris, le rugby ne faisait vibrer que quelques bons gars du Sud-Ouest, je n'avais pas publié mon premier livre, j'écrivais ma première chanson.

Aucun de nous trois n'est obsédé par le passé, mais nous sourions en y pensant.

Les allées et venues dans nos vies, comme dans un moulin, d'hommes et de femmes dont nous fûmes proches, voire intimes hier encore, ne laissent pas de me stupéfier. Le même qui vous propose d'arriver tout de suite (pour quoi faire ?), l'autre qui vous écrit qu'elle ne cesse de penser à vous, ceux-là s'évaporent sans la moindre explication. Ils s'étonneraient qu'on leur en fasse le reproche. L'inconstance des sentiments chez la plupart des êtres humains tient à leur propre névrose d'échec. Ils ont des sincérités successives et contraires. On a beau prétendre être revenu de tout, et l'être un peu, on ne s'habitue pas si facilement à la médiocrité de ceux que nous aimions.

*Morterolles, 8 septembre*

Maintenant c'est fait, ils ont transformé le trottoir devant la poste en un parking officiel, ils ont peint de larges bandes blanches, se gare qui veut.

À l'heure où Paris se vélocipédise, Morterolles fait de la place aux voitures comme s'il y avait urgence. Il y aurait urgence à nettoyer la plate-bande prévue pour des fleurs qui n'a plus de plate-bande que le nom. Trois mètres carrés de terre envahis de ronces et d'orties depuis plus d'un an au moins, je crois d'ailleurs me souvenir l'avoir déjà déploré dans *La Mélancolie des fanfares*.

À côté de toute la misère du monde, cela n'est rien. Je le sais, je n'ai pas perdu le sens commun. La misère du monde est au programme de toutes les chaînes de télévision, nous la déplorons ensemble. Si l'on se moque des jeunes filles de Matzneff, des fantasmes de Renaud Camus, des doutes de Charles Juliet, des cancans de Matthieu Galey, de tant d'autres illustres, le propre même du genre, c'est de jeter un œil sur la misère du monde et de revenir à l'essentiel : nous, nos plates-bandes mal entretenues, la piscine Deligny qui n'est plus ce qu'elle était.

Comme il publie son journal avec vingt ans de retard, le beau Gabriel ne sera plus très frais quand paraîtront les pages qu'il écrit aujourd'hui. Il enjambe toujours la Seine avec autant d'élégance, je l'ai aperçu comme flottant au-dessus de l'eau l'hiver dernier. Il habite à un pont de chez moi et nous ne nous voyons pas souvent. Il est toujours parti à Manille ou à Mykonos, ailleurs où il fait chaud et sous les cocotiers des jeunes filles en fleurs.

*Morterolles, 9 septembre*

Dîner hier chez la femme du Duc. Il y a sur l'un des buffets de la salle à manger des fleurs en tissu orangé qui clignotent. Serge était déçu car elle ne les avait pas allumées. Il a mangé deux parts de tarte aux abricots et nous sommes rentrés. Lui installé au bar de la cuisine avec des ciseaux et de la colle, des piles de photos et de journaux, moi près de la cheminée télécommande en main à chercher sur les chaînes de télévision un programme apaisant. Des documentaires le plus souvent. Tous les quarts d'heure, lorsque sonne la pendule, j'entends Serge T. ronchonner après le temps qui s'enfuit : « Déjà… » À quelques pas de moi, il marmonne, s'émerveillant de son travail ou pestant contre un élément de papier qui lui échappe. Ce qui compte, c'est qu'il soit là, dans son monde et si proche à la fois de moi. La dernière demi-heure avant minuit, il me rejoint au salon, nous croquons quelques carrés de chocolat en regardant à la télévision les journaux de la nuit.

Treize heures. Le ministre du Travail, Xavier Bertrand, m'appelle pour s'inquiéter de ma santé. Il a une voix douce d'enfant. Moi une voix en marmelade, je m'en excuse mais il en était informé par la presse.

– Ne parlez pas trop, me dit-il, je veux seulement vous renouveler mon invitation à déjeuner quand vous le souhaitez. Mon numéro de portable n'a pas changé...

Il était alors ministre de la Santé et j'étais assis devant lui le 14 janvier à la porte de Versailles au pied de la tribune où Nicolas S. officiait avec le succès que l'on sait.

Un jour peut-être, au-delà des convenances de la politique, deviendrons-nous amis, Xavier Bertrand et moi ?

*Morterolles, 10 septembre*

Il écrivait des chansons, de belles chansons populaires pour les vedettes des années cinquante-soixante. Un peu voyou, un peu barman, il dirigeait quand j'avais vingt ans un club de nuit très couru rue Pierre-Charron. On y faisait les fous, c'était de notre âge. Raymond Mamoudy, marseillais pure souche, cœur d'or. Ce nom-là, qui ne dit plus rien qu'à quelques amateurs de chansons rares, à d'anciennes belles de nuit, je veux le laisser dans ce journal. Je lui avais envoyé un mot d'amitié il y a trois semaines et un chèque car je le savais dans le besoin. Sa femme, Dominique, chanteuse de cabaret, venait de disparaître le laissant seul. Sur l'enveloppe qui me revient ce matin, quelqu'un a noté « décédé », retour à l'envoyeur. Un concierge, une voisine, Raymond n'avait pas d'enfant. Je me demandais pourquoi le chèque n'avait pas été débité, ce silence me faisait peur.

À vingt ans, je regardais Raymond comme un maître, il corrigea mes premières chansons, et il faisait chanter Jacqueline François, François Deguelt, Les Compagnons de la chanson, Franck Fernandel, Édith Piaf.

Dans quelques greniers s'entassent des piles de disques vinyle 45 et 33 tours que des grands-parents gardent en souvenir de leur jeunesse, des chansons de Raymond dorment parmi d'autres sous la poussière. « Décédé », retour à l'envoyeur. Trois mots, lui qui les a si bien fait chanter, trois mots inadmissibles.

Quatorze heures trente. J'ai le visage en feu, dévoré par une crise d'acné non pas juvénile mais très douloureuse. Rien de grave, me dit-on, je cours malgré tout chez le professeur de dermatologie du CHU de Limoges. Jacqueline vient me chercher, la voilà de corvée une fois de plus. Je souffre et j'attends avec impatience le verdict du spécialiste et, surtout, qu'il me soulage. Que je ne sois pas beau à voir une dizaine de jours n'est pas le pire – je ne vois personne –, mais la douleur m'épuise.

Mon sourire aux yeux bleus à la vitrine de tous les marchands de presse, à l'heure où chacun (Michel Drucker à l'instant au téléphone) me félicite de ma « bonne tête »... j'ai l'air d'un grand brûlé qui n'a pas envie de sourire. Les grands brûlés qui ont envie de sourire ne doivent pas être nombreux. En réalité, j'ai l'esprit ailleurs, je guette la pendule, il me tarde d'être rassuré et soulagé par le professeur qui m'attend.

*Morterolles, 11 septembre*

La voix de Piaf et la signature de Picasso pour vendre des voitures, le sourire plein de dents de Fernandel pour l'huile d'olive, la voix de Trenet pour de l'eau minérale, la trompette de Chet Baker pour des soutiens-gorge, et j'en oublie... les agences publicitaires savent que les Français sont follement modernes et que la nostalgie est toujours ce qu'elle était.

Un journaliste, qui enquête pour un grand hebdomadaire de gauche sur Jean-Christophe Mitterrand, insiste lourdement auprès des attachées de presse d'Albin Michel et de Jean-Christophe, mon neveu, pour que je réponde de « vive voix » à ses questions. Le « de vive voix » n'est vraiment pas de circonstance. Je refuse évidemment, et le monsieur s'agace car « je sais des choses qui pourraient l'intéresser ». Il se prend pour un juge d'instruction, celui-là. D'abord, je ne sais rien. J'ai vu trois fois dans ma vie le fils aîné du président défunt, ensuite, je n'ai pas l'intention de revenir sur l'épisode de la caution, ni encore moins de dire le moindre mot désagréable à propos de Danielle Mitterrand. Qu'elle ne s'inquiète plus de moi depuis le 21 décembre 2002 importe peu, elle m'a reçu très souvent à sa table et je ne crache pas dans la soupe.

Cette lettre était une réponse, la dernière.

« Le 4 décembre 2002 »

« Cher Pascal,

« Lorsque j'ai pu prendre connaissance de ta lettre à mon retour de mission en Amérique latine, j'ai ressenti avec grande confusion combien je t'avais mis dans l'embarras en t'entraînant dans cette aventure lamentable.

« L'injustice dont est victime Jean-Christophe, et de ce fait, sa famille, mais aussi ceux qui ont de l'amitié pour lui, pénalise aussi ceux qui généreusement ont contribué à passer une première étape insupportable. Tu as été de ceux-là et je ne saurais assez t'en remercier.

« Les mois et les années passent et l'acharnement d'un juge à casser un homme dont il hait l'environnement crée des situations qui pourraient mettre à mal des amitiés pourtant indéfectibles. J'ai cherché à rassembler la somme que tu nous avais alors prêtée pour te la rendre avant la conclusion de cette triste histoire. Et je serai, sans doute dans quelques jours, en mesure de rembourser ma dette envers toi.

« Ce sera pour moi un soulagement de savoir que tes projets ne seront plus entravés par ta généreuse amitié.

« Cher Pascal, dans l'espoir de te revoir bientôt et, plus tard, de fêter avec toi l'issue de ce procès, je te souhaite une bonne année, une bonne santé et le succès dans tes entreprises.

« Je t'embrasse affectueusement.

« Danielle. »

*Morterolles, 12 septembre*

En lisant au vol pour la première fois le manuscrit de ce journal que Marie me renvoie ce matin passé sur son ordinateur, je tombe sur une remarque que je faisais à Philippe, en novembre je crois : « Je vais très bien et cela m'inquiète... » Un mauvais pressentiment, de l'humour fanfaron, une manière de conjurer le sort ?

J'écris également que Prudy ne fume plus, et je l'ai surprise un mégot aux lèvres, planquée derrière la maison. Elle n'a pas à demander mon autorisation pour boire ou fumer, aussi je ne comprends pas ses mensonges. J'ai fait celui qui n'avait rien vu.

Dans ce neuvième volume, vais-je laisser quatre mois en blanc, en noir et blanc comme je les ai vécus ? Je ne suis tributaire d'aucune règle, j'avance sans m'interdire des silences, révélateurs malgré tout. J'ai retrouvé des instants, des mots, des douleurs que je replace ici, comme des cailloux blancs dans ma nuit.

Une petite jeune fille blonde a scié la chevalière en or à mes initiales, celle qui n'avait pas quitté mon doigt depuis le jour de mon certificat d'études. Un cadeau de ma grand-mère. Pas de bijou, pas de métal au bloc opératoire. Jacqueline a décroché de mon poignet gauche la gourmette en argent de Stéphane, celle-là même que je gardais au creux de ma main lorsque c'était lui qui était aux prises avec les chirurgiens.

Une carte de Marc-Olivier qui me dit ne pas trouver les mots qu'il a envie de m'écrire tant son émotion est grande. Je les trouve très bien au contraire, ses mots ; ils me touchent après un si long silence. Nous nous reverrons en tête à tête dès que j'irai mieux. Je lui laisse à l'instant un message sur son répondeur. « Tu comptes pour moi », m'écrit-il. Lui aussi compte pour moi, c'est même pour cela que j'ai eu le cœur lourd quand il m'a manqué.

Alain Delon qui me laisse des messages tendrement furibards. Il ne sait pas ce qui m'arrive, un écho dans la presse l'a alerté. Delon m'impressionne, sa tendresse me chavire.

Les jeunes filles de Matzneff, suite et fin.

J'aurai bientôt terminé ma lecture parfois hallucinée des *Demoiselles du Taranne*. Ce journal, écrit au bord de son lit, au soleil sur les planches de feu de la piscine Deligny ou sur un coin de table chez Lipp, est celui d'un jouisseur de première classe.

Le beau Gabriel s'émerveille de son pouvoir sexuel et d'inspirer les plus folles passions à ses lectrices, si jeunes, si fraîches. Mais qu'aura-t-il fait d'autre que l'amour en cette année 1988 ? Enterré quelques intimes et sodomisé des jeunes filles consentantes. Ce n'est pas si mal.

Je ne sais pas si les coqs de comptoirs, les Don Juan de Palavas-les-Flots peuvent se vanter d'un tel tableau de chasse. Cela dit, comme on peut parier qu'ils ne lisent pas les œuvres de Matzneff, leur honneur est sauf et leur virilité irréprochable.

Dix-sept heures. Journal impensable. Journal inattendu. Journal impossible. Trois titres qui me viennent à l'esprit et que Pierre ne trouvera pas bons et qui d'ailleurs ne le sont pas.

*Morterolles, 13 septembre*

Serge T. est très étonné, voire un peu scandalisé, que Julien Gracq n'ait pas répondu à sa lettre, je le soupçonne de n'être rentré à Paris que pour cela : vérifier sa boîte aux lettres.

C'est la première chose qu'il m'ait dite à peine descendu du train hier : « Toujours pas de nouvelles de Julien Gracq. » L'idée que l'écrivain le plus mystérieux du vingtième siècle puisse être un peu fatigué à quatre-vingt-dix-sept ans passés ne vient pas à l'esprit de Serge. Lui ne voit qu'une chose : le maître n'a pas daigné lui répondre et le féliciter pour son collage.

Julien Gracq n'est pas mort. Aussi discret soit-il, nous le saurions. Alors quoi ?

Serge T. est en réalité plus humilié qu'inquiet, car il croit à l'immortalité de ses idoles et à la sienne, évidemment.

Heureux homme.

Ce n'est pas l'appât du gain qui lui fait espérer toujours plus de lettres autographes ; des centaines sont entassées dans son gourbi du boulevard Bonne-Nouvelle, neuf mètres carrés où il ne pourra bientôt plus rentrer. Non, Serge T. n'a pas l'âme marchande, il voyage en seconde classe et n'a besoin de rien. Il n'ouvre son porte-monnaie que chez les libraires, les marchands de journaux et de colifichets qu'il distribue à ses amis. Il ne croit pas du tout que l'argent fasse le bonheur. Il pense que deux mots de Julien Gracq valent tout l'or du monde.

« Areva, reconnue comme pollueuse de l'exploitation des mines voisines aujourd'hui fermées, va évacuer ces boues vers Bessines où elles seront enfouies, ce qui mobilise déjà les associations du secteur. »

Si les associations me le demandent, je signerai toutes les pétitions contre ce projet. Morterolles appartenant à la commune de Bessines, je ne suis pas enchanté d'apprendre ce matin en lisant *Le Parisien* que la poubelle est pour nous.

Areva, ex-Cogema, est dirigé par Anne Lauvergeon, une femme exceptionnelle que j'ai beaucoup vue à Solutré auprès de François Mitterrand. Il y a une photo où l'on nous voit sur la Roche, elle et moi, entre le président et Jack Lang. Il suffisait de la regarder pour comprendre qu'elle monterait plus haut encore. Une très belle femme de pouvoir, la grâce en plus.

Autant le silence de certains ne m'étonne ni ne me peine, autant je suis désemparé devant la fuite (est-ce une fuite ?), disons l'abandon de quelques-uns précisément qui juraient leurs grands dieux de ne jamais m'abandonner, sans d'ailleurs que je leur demande la moindre chose, le moindre service. Pourquoi Christophe Z., que je n'ai pas lâché lorsqu'il était assez mal l'automne dernier, pourquoi après m'avoir écrit des dizaines de lettres désespérées et confidentielles, ne bouge-t-il plus depuis trois semaines, me sachant là, à trois minutes de chez lui ?

Je lui ai présenté tous mes amis.

– De vous savoir si près de moi me rassure. Vous n'imaginez pas à quel point vous êtes important dans ma vie...

Christophe Z. connaît mes livres par cœur. La dernière fois qu'il m'a parlé, il finissait de relever des centaines de citations extraites de mon journal, regroupées par thèmes.

– C'est passionnant, me disait-il. Je ne vous quitte pas...

On en revient toujours aux sincérités successives, à l'inconstance des sentiments. Je ne l'ai pas cherché, ce jeune père de famille, il m'a trouvé tout seul au bord de mon chagrin et c'est moi qui ai dû le consoler. Les jeunes pères de famille ont des problèmes que seuls les célibataires dans mon genre peuvent comprendre. Il me disait tout cela, Christophe Z., et beaucoup d'autres choses encore que je ne saurais rapporter ici sans nuire à sa réputation.

*Morterolles, 14 septembre*

« Le goût de l'ordre est lui aussi significatif : il est en soi une protection contre la vie qui est chaos. »

Dans ma petite enfance, j'avais pressenti cela. Je rangeais, je rangeais tout ce qui traînait, je passais derrière ma mère pour redresser un napperon, une pendule, un abat-jour.

Qui sont dérangés, ceux qui rangent ou ceux qui ne rangent pas ?

Moi, je tiens pour dérangés les gens qui ne rangent rien et pourtant je m'accommode de mon bon Serge T. qui, dans le genre bordélique, est parfait.

Il n'empêche, Jacques Brenner a raison : « Le goût de l'ordre est une protection. »

Je vide mes tiroirs comme ma tête quand le trop-plein menace. Ma tête est, hélas, plus encombrée que mes tiroirs. Brûler des souvenirs est moins simple que de mettre au feu des factures ou des lettres d'amour devenues caduques.

Jacques Martin aura passé ses dernières heures à regarder l'océan depuis sa chambre d'un palace de Biarritz. Il a inventé la télévision populaire, ce n'était pas un homme facile mais un monstre sacré, fin et cultivé. Je viens de mettre un mot à Cécilia pour qu'elle embrasse ses filles. Je connais la plus jeune, elle a de beaux yeux bleus.

Les deux hommes politiques les plus populaires de France sont : à ma droite, Nicolas Sarkozy, à ma gauche, Bertrand Delanoë.

Tous les sondages que publient les journaux et les télévisions cette semaine sont d'accord avec moi. Je choisis bien mes « copains ».

– Il est insensé, me disait récemment Monique Lang, que les gens du PS ne prennent pas plus souvent ton avis. Chaque fois que tu prédis un truc imprévisible, tu as raison... c'est dingue...

– Les gens du PS se débrouillent très bien sans moi pour perdre, lui ai-je répondu, et nous avons ri en pensant au temps joyeux où je l'appelais la ministresse dans les coulisses de la rue de Valois, au commencement de tout, il y aura bientôt trente ans, quand nous allions refaire le monde et « changer la vie ».

*Morterolles, 15 septembre*

Nous n'aurons pas à ranger les chaises longues et les parasols comme chaque année à la veille de l'automne. Il n'y a pas eu d'été à Morterolles, pas de baignades ni de dîners joyeux sur la terrasse. Le temps ne s'y prêtait pas et j'étais « retenu » par des obligations moins plaisantes. Je peux dater mon dernier été éclatant de bonheur : août 2004. On devrait retrouver des pages dans le journal de cette année-là, illuminées par le sourire de Julien, sa grâce et les enfantillages qu'il m'inspirait.

Je n'abuse pas des souvenirs, je sais trop qu'ils font mal. Je ne relis pas les lettres, je ne veux pas de larmes sur les photos. Il y en a une ou deux de Julien et moi, prises les 16 et 17 août. Sur la plus belle, je suis assis sur la berge de l'étang, lui allongé dans la barque en bas, sa tête posée sur mes genoux. Je porte une chemise bleue, lui un polo rouge et un jean.

Laurent Ruquier qui tombe de la lune découvre, effaré et triste, que ceux qu'on appelle « les gens du métier », les artistes ses chers amis, avaient abandonné Jacques Martin depuis qu'il était malade, c'est-à-dire inutile, sans pouvoir.

L'étonnement enfantin de Laurent Ruquier étonne de la part d'un garçon qui n'est quand même pas né hier matin. Il en va toujours ainsi : « les gens du métier » ne pensent qu'à leur pomme. Ils laissèrent crever de solitude Guy Lux, Yves Mourousi, Denise Glaser, la liste est interminable. Qui pense encore à ma chère Jacqueline Joubert, à part ses enfants ? À Jacqueline Huet ? Il en ira de même pour toi, mon cher Laurent, et pour moi, naturellement. De tes rires et de mes chansons, il ne restera bientôt plus rien, n'aie aucun doute là-dessus.

Comme si de rien n'était, des foules se pressent à la Fête de l'Huma. L'ai-je attendu moi aussi, ce week-end de septembre au début des années soixante ! Je fonçais à La Courneuve me mêler à ces gens qui ressemblaient à mes parents, signaient des pétitions pour la paix, rêvaient de la dictature du prolétariat en dévorant des merguez. Et toutes ces vedettes du twist, ces rockers de banlieue, j'étais prêt à tout pour les voir en vrai.

« Une kermesse pittoresque », a dit un jeune publicitaire de trente ans pour définir la Fête de l'Huma. C'est cela, ce ne fut jamais que cela pour la majorité des fêtards. Certains y crurent pourtant. Hélas, pas plus que les crimes du nazisme, ceux du communisme ne furent tellement « pittoresques ».

Je ne sais plus quel fouilleur de merde m'informe qu'un livre est paru chez un éditeur improbable, un livre pour expliquer que je suis un usurpateur et que je n'ai écrit ni mes chansons ni mes livres. Très drôle. Le jeune homme près de Dalida qui lui chante à l'oreille *Il venait d'avoir dix-huit ans*, et que la télévision diffuse en boucle depuis vingt ans, ce n'est pas moi, c'est ma sœur. Un seul livre contre moi alors qu'il y en a cinquante contre Ségolène et Nicolas S., cinq contre Bernard-Henri Lévy... je suis humilié.

*Morterolles, 16 septembre*

Revue de presse.

Les journalistes écrivent à toutes les pages et sur tous les tons, en couverture, avec gros titres et photos, qu'on en a soupé de Sarkozy soir et matin. Ils se plaignent, les pauvres choux, que vraiment trop, c'est trop. « De grâce, un jour sans Sarkozy », supplie l'un ; « qu'il se calme ». Moyennant quoi, ils recommencent le lendemain et la semaine suivante à consacrer leur une et la moitié de leurs commentaires à... Sarkozy qui « court partout », « que l'on voit trop », etc.

Ce sont les mêmes ou leurs cousins qui s'interrogeaient, points d'interrogation à l'appui, sur les étranges silences des présidents Chirac et Mitterrand : « Mais quand va-t-il parler ? »

Ces éditorialistes, ces commentateurs ne sont pas tous des imbéciles, comment peuvent-ils imaginer que Nicolas S. cède à leurs injonctions ?

Il leur fait vendre des journaux, ce n'est pas si mal.

*Morterolles, 17 septembre*

Il regarde la télévision tard la nuit. Hier il a revu, pour la énième fois, *Mayerling* avec Danielle Darrieux. Ce soir, il aura un Raimu. Moi, que tout cela n'intéresse pas du tout, je suis ravi de le savoir heureux comme un enfant, télécommande dans une main, *Le Figaro* ou le *Herald Tribune* dans l'autre, allongé sur son lit à se cultiver et se distraire. C'est la gourmandise qui symbolise Serge T., son goût de la vie, des gâteaux à la crème, des étoiles, tout l'émerveille.

Cet homme-là a des enthousiasmes de midinette et des préoccupations poétiques et littéraires. Il est très contrarié s'il n'a pas le jeudi *Le Monde des livres* et le vendredi *France Dimanche.*

La politique le passionne moins que moi ; en revanche nous passons nos soirées à regarder en boucle les journaux télévisés de toutes les chaînes à notre disposition. Ça vaut pour moi toutes les fictions possibles, la réalité l'emportera toujours sur l'imagination. Les films, les feuilletons, les séries américaines m'insupportent, Serge en raffole, des séries américaines surtout... Sa passion pour New York est déraisonnable, voire pathétique, le Bronx, Manhattan, la Cinquième Avenue, Central Park, Harlem. Il est au bord des larmes quand il nous raconte ses jours et ses nuits là-bas où il allait trois fois par an...

De Harlem sous la neige, je garde moi-même un souvenir saisissant. La différence entre Serge et moi, c'est que lui est heureux partout, qu'il s'adapte à toutes les circonstances, à tous les lieux où le vent le pousse. Au camping de Morterolles, il est bien le seul à trouver un certain charme. Et cette façon qu'il a de se frotter les mains devant un coucher de soleil qu'il va photographier. Aucun coucher de soleil ne lui résiste, ils se ressemblent tous, mais il ne s'en lasse pas. Serge T. n'est pas un homme lassé, ni lassant. Il sera ici chez lui aussi longtemps qu'il le voudra.

*Soudain l'été dernier* ferait un joli titre pour ce neuvième volume, mais je crois me souvenir que c'est celui d'une pièce de Tennessee Williams. Je demanderai à Pierre S. si l'on peut malgré tout prendre le risque.

*Morterolles, 18 septembre*

« Il avait un joli nom mon guide, Nathalie. » En entendant Bécaud au hasard d'une radio bien inspirée, je me disais que le masculin de guide volontairement employé par Pierre Delanoë, ne rendait pas moins attirante cette Nathalie que dans la neige Gilbert suivait en chantant. « La place Rouge était vide, devant moi marchait Nathalie. »

On se dit en écoutant Bécaud que, décidément, nous avons eu bien de la chance, nous qui l'avons connu et avons chanté avec lui. Des vieux cons sans doute, mais quel parolier assez fin écrirait aujourd'hui : « Il avait un joli nom mon guide, Nathalie. » Le dernier scribouilleur venu écrirait : « elle avait un joli nom », cassant l'effet de surprise poétique. C'est la platitude qui prévaut depuis le funeste ministère Jospin qui émascula la langue française. Voilà bientôt dix ans que je sursaute à la ministre, à l'auteure, à la procureure, à la cafetière, depuis peu nous avons droit à la leader. J'ai les oreilles en marmelade.

Si je reviens sur ce sujet grâce à la chanson de Bécaud et Delanoë qui me fit monter les larmes aux yeux, c'est que le journal télévisé diffusa hier, comme pour me consoler, un reportage sur le déménagement pour dix jours à Lyon du ministère du Travail. Sur un Algeco, une baraque de chantier améliorée, était inscrit : « Bureau de madame le Ministre », une directive de Christine Boutin, le ministre en titre, qui sait ce qu'elle veut. Michèle Alliot-Marie également souhaite que l'on dise « madame le Ministre », mais non, les journalistes s'en foutent, ils continuent à féminiser les fonctions et les titres au gré de leur fantaisie.

Serge T. a bougonné toute la soirée d'hier, sans parvenir à terminer son collage sur Maria Callas, dépité, vexé, il me dit : « C'est impossible, elle a un œil mal placé, le sourcil droit ne me plaît pas, le regard m'échappe, j'arrête... »

J'adore l'entendre se plaindre que la Callas ait un œil mal placé. Après avoir jeté au feu par dépit son travail inachevé, il s'est autorisé une Marie Brizard sur glace.

À propos de glace... je peux depuis ce matin me regarder de nouveau dans celle de la salle de bains sans prendre peur. Quelques pommades et un antibiotique auront eu raison de la violente crise d'acné qui me fit ressembler à un lépreux. Je n'ai pas retrouvé les joues fraîches et lisses de Bébé Cadum perdues depuis longtemps, mais je vais pouvoir sortir de ma tanière, aller dîner au restaurant, croiser du monde sans avoir besoin d'expliquer le pourquoi du comment.

Quinze heures. Pierre S. au téléphone : « Ça va ? Vous écrivez ? » Derrière la voix si amicale, il y a celle de l'éditeur qui ne l'est pas moins, mais voudrait bien savoir s'il recevra bientôt une première livraison de mon journal. Je lui ai promis deux cents pages début octobre, il en jugera. Je ne veux pas me relire, ce volume de toute façon sera singulier. Me refusant à faire de la littérature avec ma santé, il y aura des blancs partout, des noirs. L'exhibitionnisme me répugne, la compassion qu'il inspire, je la refuse. J'écris dans ces limites.

Amélie Nothomb déclarait ces jours-ci qu'elle avait soixante-deux romans d'avance rangés dans des cartons à chaussures. Voilà une femme qui ne perd pas son temps.

Et que ferions-nous d'autre si nous n'écrivions pas ?

On ne pourra reprocher à ce journal de faire la part belle au libertinage, les jeunes gens ne se sont pas bousculés auprès de moi cette année, je les ai découragés les uns et les autres. Ils m'aiment flamboyant, ils me retrouveront ainsi ou ne me retrouveront pas. Je ne demande à personne de m'attendre. Mes fiancés d'un soir ou de quelques saisons ont à mener leurs vies et leurs amours. Qu'ils gardent de moi un souvenir ému sera déjà bien.

*Morterolles, 19 septembre*

Il y a cinquante ans jour pour jour, Dalida recevait les bravos du music-hall et son premier disque d'or pour *Bambino*. Cette scie à la mandoline qui continue de se chanter dans les bals populaires aura fait d'elle une icône. Sur la photo du *Figaro* qui illustre le rappel de ce jour-là, Dalida est brune, les cheveux tirés. Je me souviens l'avoir gardée longtemps dans mes cahiers d'écolier, comment imaginer alors que, quinze ans plus tard, c'est moi qui la ferais chanter ?

J'évoquais hier le nom de Pierre Delanoë à propos de sa chanson *Nathalie*, et curieusement ce matin j'ai été amené à effacer son nom de mon agenda. Si j'étais un type mystique, j'y verrais je ne sais quel signe mauvais. À la lettre D. très chargée, les noms de Pierre Delanoë et Roland Dumas se suivaient en bas de page, et lorsque Roland me demanda de noter son numéro de portable (je n'avais que celui de son bureau), je suis tombé à la ligne précédente sur celui de Pierre Delanoë. L'idée ne m'était pas venue de le gommer, je ne suis jamais pressé de rayer les gens de ma vie. Pierre n'était pas un intime, mais j'avais pour son œuvre une grande admiration. Il a fallu que le hasard – le destin ? – s'en mêle pour que j'accomplisse un geste qui me coûte.

Roland, lui, se porte comme un charme. Il m'appelait d'une table de restaurant dans l'île Saint-Louis en bas de chez moi. Je l'ai félicité pour sa mine réjouie. La nuit dernière, il était l'invité de Frédéric Taddei à la télévision où il fut brillantissime. Son analyse de « l'affaire Kouchner » et de la bombe atomique iranienne a calmé les agités. Si j'avais pu craindre une fatigue, un manque de combativité, me voilà rassuré, d'autant qu'il est désormais chargé de me représenter. Quand on pense à ce qu'il a pris sur la tête d'injures, d'humiliations, de trahisons, de vrais et de faux procès, on se dit que le bonhomme est très fort.

Kouchner les rend fous, ils ne savent pas comment s'y prendre avec lui pour le déstabiliser, lui qu'ils vénérèrent si longtemps. Quand on est de « gôche », on ne s'attaque pas au French Doctor comme à un vulgaire Pasqua, par exemple. Ou alors avec des pincettes. Leur embarras est un plaisir sans cesse renouvelé, les socialistes se sont si souvent payé sa tête que ce bon docteur Kouchner a bien raison de ne tenir aucun compte de leurs rodomontades.

Petit courrier du jour parmi une pile impressionnante de livres, d'invitations, de journaux, de formulaires du ministère du Budget et de Gaz de France, des lettres chaleureuses, des gens qui s'inquiètent de ma santé et souhaitent mon retour à la télévision.

Deux m'ont fait sourire. Une dame de Belfort, venant juste de terminer la lecture de *La Mélancolie des fanfares*, m'informe le plus sérieusement du monde que je n'ai pas pu dîner au Grand Hôtel de Cabourg avec Nathalie Sarraute et Clara Malraux puisqu'elles sont mortes et enterrées. Cela dit, « j'ai adoré votre journal et j'attends le prochain ».

Une autre dame, de Dordogne celle-là, m'explique sur trois pages combien elle me trouve beau et rajeuni sur les photos de *VSD*, « surtout celle où vous êtes accoudé à la balustrade ». On ne se lasse pas de lire des choses de ce genre même si le miroir du matin nous ramène à la réalité. Mais la dame de Dordogne à l'œil aigu – ou a-t-elle pris une loupe ? – me demande pourquoi je ne porte pas l'alliance à la main gauche que je ne quittais jamais. Depuis qu'une jolie infirmière l'a sciée, je n'ai pas eu le temps ni l'envie pour conjurer le sort de la faire réparer et agrandir par un bijoutier. Je remettrai aussi la gourmette en argent de Stéphane qui est rangée dans une petite boîte en bois ronde posée sur le bureau où j'écris.

Il n'y a que les femmes pour remarquer ce genre de détail qui trahit. Mon admiratrice pourrait rendre service à la police judiciaire.

La police, la guerre des polices, les bavures de la police, ce menu quotidien des journaux, radios, télévisions, finira par nous lasser. Je ne comprends pas très bien pourquoi des gens, jeunes ou moins jeunes, qui n'ont rien à se reprocher, ont peur de la police. Ils disent : « les flics ou les keufs », vraiment je ne comprends pas. Si je sais bien que le délit de sale gueule existe et qu'il est intolérable, je sais aussi que les policiers qui se livrent à des exactions sont le plus souvent sanctionnés. Mais la justice ! « J'ai confiance en la justice de mon pays », s'écrient de pauvres malheureux qui seront condamnés. Devant qui les juges rendent-ils compte de leurs errements, de leurs bavures ? Et le juge Burgaud, comment va-t-il ?

Un sondage – il en paraît trente par jour – nous apprend que 40 % des femmes raffolent du rugby, on s'en serait douté. Une question quand même nous traverse l'esprit : si les joueurs ressemblaient à des crevettes avec des cuisses de mouche, les femmes auraient-elles autant de passion pour ce sport auquel personne ne comprend rien, hormis les amateurs ? Quand ils s'entassent les uns sur les autres, têtes baissées, culs en l'air, ce n'est pas le ballon qui nous intéresse. Ce n'est pas le ballon que les femmes cherchent.

Dix-sept heures trente. Je n'aurais pas de pendule que le ronflement du tracteur suffirait à me renseigner. L'heure du débauchage a sonné. Je suis descendu faire un tour dans le parc en début d'après-midi, ce que je n'avais pas fait depuis dix jours, préoccupé que j'étais par ces problèmes de voix et d'allergie. Je ne voulais pas me montrer à mes équipes de jardiniers tel un épouvantail boutonneux et aphone. Aujourd'hui le soleil d'automne, qui se couche maintenant, diffusait une lumière douce et dorée qui invitait à la promenade.

Il me tarde de rentrer à Paris, de voir descendre l'automne à ma fenêtre sur la Seine et l'aube se lever sur Notre-Dame.

*Morterolles, 20 septembre*

Les lettres de Annie D., une jeune veuve du Médoc, sont très longues mais je les lis quand même parce qu'elle a une façon particulière de me raconter sa vie à travers la mienne. Elle m'écrit être venue le dernier dimanche d'août se promener par ici sur nos traces. Sa lettre est trop longue à recopier, j'en retiens ceci, cependant, qui est touchant et donne bien le ton, le sentiment de piété de ceux qui vont se recueillir sur cette tombe introuvable.

« Il faisait beau en ce début d'après-midi à Château-Ponsac, les routes étroites m'emmenèrent vers Saint-Pardoux et un lac. Stéphane chantait. Je n'avais pas de carte routière, les notes relevées dans vos livres me suffiraient, j'en étais sûre ! C'est près de lui que je souhaitais découvrir ce site, lui dire aussi mon respect pour son courage. J'ai posé ma main sur la belle pierre chaude au soleil, un lézard s'y promenait. Retrouvant les gestes éternels des veuves et de ceux qui viennent saluer leurs disparus les laissant démunis, j'ai ôté les dahlias fatigués, arrosé la vasque de fleurs, dans le petit bois en face, le long du lac, j'ai cueilli quelques branches de feuillage et garni les vases. Je me suis assise sur le muret de pierre. Dans le silence près de cette sépulture, j'ai réuni en pensée votre père et Stéphane et m'est revenue en mémoire la phrase de Chardonne : "Il n'y a pas de vie perdue quand on a aimé." »

Non seulement ils nous ont aimés, ma mère et moi, mais ils le feront autant qu'il est possible. La discrétion de cette femme venue sur la pointe des pieds autour de chez nous et qui a remarqué tant de choses que d'autres ne voient pas. Il faut m'aimer beaucoup et m'avoir lu à la loupe pour apercevoir depuis la route le coq peint en vert que Stéphane m'avait offert un 16 octobre. Celui d'avant. Je ne sais même plus dans quel livre j'ai raconté cet épisode de notre amour mais la veuve du Médoc, dévastée elle-même par son deuil, se réchauffe à mon chagrin. Si la littérature ne servait qu'à cela, réchauffer nos âmes blessées, nous n'écririons pas pour rien nos journaux intimes où chacun se cherche et où quelques-uns se trouvent.

Je viens de bavarder longuement avec le professeur B. de l'Afrique, un continent que, comme moi, il aime beaucoup. Il a passé des années à sauver des vies là où il n'y avait rien, pas le moindre dispensaire. De tout cela, il ne se vantait pas, on sent la vocation chez cet homme, mais il a confié quelques bizarreries que je n'ose pas reproduire ici. Denis Tillinac a raison : « On ne peut plus rien écrire sur rien. » Bientôt, il ne nous restera plus que les bruyères corréziennes, si bien chantées par Jean Ségurel, l'idole de nos grands-mères.

*Morterolles, 21 septembre*

En écoutant hier le président de la République vanter sans mesure le talent, pour ne pas dire le génie, de ses ministres de l'ouverture et de la diversité (selon l'expression désormais consacrée), je voyais déjà la suite.

Je suis prêt à parier que ces ministres-là et d'autres, mais d'abord ceux-là, ont déjà commencé d'écrire le livre de leur fabuleux destin, agrémenté d'une belle descente de leur cher président, de ses méthodes, de son programme et que tout aurait mieux marché si on les avait écoutés. Bref, ils crachent dans la soupe dont ils se régalent goulûment.

Françoise Giroud avait très bien réussi ce coup-là.

Le dernier surpris à l'heure des règlements de comptes sera Nicolas. Ce serait mal le connaître de penser qu'il espère la moindre gratitude. François Mitterrand disait : « Celui qui croit que l'homme est bon s'expose aux plus graves désillusions. »

« Vous voilà habillé pour l'hiver ! » me dit Christiane en déposant sur mon lit quatre chemises et deux pulls de marque à mes couleurs préférées. Marianne a encore frappé. Cette femme de très belle allure, croisée une ou deux fois lors de mes spectacles, ne m'a jamais rien demandé sinon une de mes chemises blanches de scène. Dans une ville du Nord, je me souviens avoir cédé à son désir. Elle m'attendait devant ma voiture à l'entrée des artistes, je l'ai embrassée et je lui ai remis ma chemise encore trempée de sueur qui ajoutait sans doute à la valeur du cadeau. C'est tout.

Marianne vit à Luxembourg, elle me couvre de cadeaux somptueux alors que je n'ai rien fait de mal. Elle pousse la discrétion jusqu'à se renseigner pour savoir si je suis à Morterolles ou pas, et c'est seulement dans ce cas qu'elle fait le voyage du Luxembourg pour apercevoir les ânes, les chevaux et les canards sauvages sans risque de m'importuner. Marianne a encore frappé, le pull rouge me plaît tant que je viens de le mettre pour aller marcher une heure dans le parc sous le premier soleil d'automne.

Cette affaire d'agenda que les tristes circonstances de la vie nous contraignent à remettre à jour comme on le fait pour un testament sans cesse rendu caduc par la trahison, cette affaire ne m'obsède pas – le mot serait trop fort –, mais elle me tourmente. Si je me résignais à gommer les morts, les disparus, les inconnus au bataillon, les traîtres, les inutiles, les entrepreneurs qui ont fermé boutique, les tapissiers en retraite, les dentistes qui n'exercent plus, les copains d'autrefois qui ont changé d'adresse sans nous prévenir parce qu'ils s'en foutent de nous maintenant qu'ils ont trois gosses, un chien et une tondeuse à gazon ; oui, si je mettais un peu d'air là-dedans qui sent le renfermé de nos souvenirs, un coup de balai, un coup de gomme, il me resterait un bel agenda en cuir noir. Vide ou presque.

Petit courrier du jour : un mot tendre de Cécilia qui vient d'enterrer le père de ses filles, une lettre à grandes enjambées de Renaud Camus en partance ou de retour d'Écosse où il m'invite à les rejoindre, Pierre et lui. Le CD, la biographie, toutes les photos d'un accordéoniste du Bas-Berry qui pense avoir les qualités requises pour passer à la télévision. « Je joue même des morceaux de Verchuren et d'Yvette Horner », précise-t-il, nous voilà bien. Et deux lettres postées à Limoges le même jour à la même heure, le 20, hier, barrées d'un tampon : « prioritaire ». Prioritaire de quoi ? Voilà des semaines que ce Christophe – j'ai évidemment reconnu son écriture – ne me donne aucun signe de vie, n'en prend pas de moi et, brusquement, ce qu'il veut me dire est urgent. Sans doute répond-il à ma carte sèche et brève où je lui rappelais quelques souvenirs ambigus : « Il y a un an tu pleurais sur mon épaule. » Le garçon n'est pas bête, il aura compris. Naturellement, je n'ai pas ouvert les enveloppes, préférant laisser planer le doute en sa faveur. S'il est subtil et il l'est, il téléphonera à Serge T. pour prendre le vent.

*Morterolles, 22 septembre*

Françoise Arnoul, c'est le premier nom en haut de la première page de mon agenda de téléphone. Je n'ai pas dû lui téléphoner depuis un quart de siècle. Elle était à l'époque la vedette du téléfilm tiré de mon deuxième roman *Un garçon de France*. Stéphane l'adorait et moi je la regardais avec les yeux du petit garçon qui découpait sa photo dans *Cinémonde*. Et puis voilà, la vie nous a emportés chacun de son côté, je crois me souvenir l'avoir invitée à la télévision pour lui répéter publiquement ma tendresse et mon admiration. Ici dans le parc, les lecteurs de ce journal le savent, une colline porte son nom. Je ne sais pas si elle en a été touchée. Dois-je effacer aussi son nom sur mon agenda ?

Je classe ou jette de nombreuses lettres sans évoquer leur contenu dans ce journal qui deviendrait une boîte aux lettres, mais, presque chaque jour, je dois me retenir. Parfois, c'est si romanesque qu'on pourrait m'accuser de les inventer. Souvent drôles, tendres, émouvantes. Dans quelle catégorie classer celle-ci signée d'une lectrice de Périgueux qui conclut ainsi :

« Je me doute bien que vous n'allez pas prendre la peine de me répondre, sachez quand même que je vous aime. Je vais avoir cinquante ans le mercredi 26, je n'attends plus grand-chose de la vie, j'ai un mari, deux enfants, un chien et un amant. Le train-train de beaucoup de femmes de mon âge. Rien de très folichon, j'aurais tant aimé comme vous avec Stéphane connaître le grand amour. »

Un chien pour quoi faire ? Un amant on imagine, mais un chien ? Ça aboie, ça pisse partout, parfois c'est gentil, parfois ça mord, ça tue. Certains amants aussi sont capables de tout cela.

Didier, mon Vendéen, est arrivé hier. Il se lève aux aurores pour être sûr d'être en vie, je me couche tard pour la même raison.

Il était Momo pour le populo qui eut vingt ans à la Libération et qu'il faisait danser au bal-musette. Maurice Larcange, un accordéoniste-compositeur avec lequel j'ai fait tant de chansons, Momo pour les intimes, n'est plus. On l'a enterré hier. Combien de fois l'ai-je présenté à la télévision, combien de petits bals a-t-il fait tourner ? « Non, je ne me souviens plus du nom du bal perdu, ce dont je me souviens c'est de ces amoureux qui ne regardaient rien autour d'eux. » Gréco chantait, elle chante encore, Dieu merci, mais il faut tendre l'oreille pour entendre les derniers triolets des derniers petits bals perdus.

*Morterolles, 23 septembre*

La nuit de la mort de Malraux, Louis Aragon dansait un tango argentin dans les bras de Renaud Camus. On reproche beaucoup de choses à ce Camus-là, beaucoup trop à mon goût, mais jamais de mentir. Dans son journal de l'année 1976, que j'ai repris la nuit dernière, il y a encore plus de garçons qu'il n'y a de jeunes filles dans celui de Matzneff. Des hommes plutôt que des garçons. Renaud ne bande pas pour les freluquets qui pèsent quarante kilos tout habillés, il penche plutôt pour le jeune homme des cavernes. Chabal, la nouvelle coqueluche du rugby, doit répondre à ses critères de sélection.

Pour en revenir à Aragon, très présent dans ce volume intitulé *Travers, tome 2*, on le suit, amusé et ému comme un grand-oncle. C'est le veuf joyeux. Sa concierge mitonne de l'agneau au curry pour la bande de ses admirateurs énamourés, certains un peu plus que d'autres. Louis Aragon, poète masqué, se dévergonde sans craindre les beaux yeux de la terrible Elsa.

À part ça : des galeries d'art moderne, du Warhol à toutes les sauces, des saunas, des boîtes de nuit glauques, l'univers post-soixante-huitard de la drogue et de la peinture à l'huile. Pas de « capote anglaise », on ne disait pas « préservatif » en ces temps-là, on ne disait rien du tout, on baissait son pantalon en groupe et en procession dans les allées gracieuses des jardins des Tuileries ou dans quelque soupente déglinguée. On s'amusait follement avant de mourir, on peut penser d'ailleurs qu'ils sont tous morts ou presque les amis de Renaud qui brûlèrent leur jeunesse de nuit fauve en nuit fauve. J'en vois d'ici qui lèvent le doigt, j'ai soixante ans, je vais bien, je n'ai pas tout brûlé. Renaud lui-même se porte comme un charme en son château de Plieux, dans le « Gersse » comme il ne faut pas dire.

Didier, installé depuis l'aube devant Internet, « chate » avec des garçons de Limoges qui proposent divers services selon notre genre de beauté. Tandis que j'écris à l'étage, lui fait son marché pour l'hiver, le mien aussi puisqu'il s'est mis en tête de m'organiser quelques soirées charmantes avec des boys bien sous tous rapports.

– J'ai un Sébastien, descends voir, me dit-il, ça vaut le coup d'œil...

Ce Sébastien qui, en effet, vaut même mieux qu'un coup d'œil, se présente comme étant hétérosexuel mais très disposé à rendre service pour la modique somme de cinquante euros. Limoges n'est pas, c'est vrai, la capitale du sexe, mais cinquante euros, c'est ridicule si la marchandise tient les promesses affichées sur l'écran de l'ordinateur. Quel joujou magnifique !

« Les enfants s'ennuient le dimanche, le dimanche les enfants s'ennuient », chantait Trenet. Les parents aussi s'ennuient le dimanche. Didier, qui est un vieil enfant, ne s'ennuie pas, il « cherche des plans cul ».

L'ordinateur a démodé la chanson de Trenet, à l'instant où, pauvre vieux, je cherche à mettre des mots en place à peu près correctement, ils sont des milliards d'êtres humains penchés sur leur ordinateur à chercher des « plans cul ». Ainsi va le monde. Et à Morterolles, trois cent quarante habitants, combien sont-ils à chercher des « plans cul » pour égayer un peu leur solitude ?

Vu à la télévision, Georges Pompidou, président de la République, offrant une cigarette au journaliste qui s'apprêtait à l'interviewer depuis l'Élysée. Inimaginable... impensable.

De Gaulle la clope au bec, Malraux, Laval, ils fumaient tous. Comme on ne peut pas retoucher toutes les images d'archives des actualités de ces époques, les enfants d'aujourd'hui et ceux d'hier dont je suis, disons d'avant-hier, restent bouche bée, sidérés de tant de liberté.

Peut-on imaginer Nicolas S. offrant un cigare à PPDA et une blonde à Arlette Chabot devant quinze millions de téléspectateurs ?

Curieusement, l'image bonhomme de Pompidou tendant son porte-cigarettes en argent à... (je m'en veux de n'avoir pas retenu le nom du journaliste) n'a provoqué aucun commentaire. Moi j'ai sursauté, comme j'avais déjà sursauté en voyant l'affiche de l'exposition du centième anniversaire de Sartre. Vite un cendrier, Sartre ne fumait pas. Je suis certain que le tabac est très mauvais pour la santé, je suis pour que l'on protège, y compris par la loi, ceux qui ne veulent pas être victimes de leur voisin de bureau. Mais l'hypocrisie ! Dans toutes les émissions de télé-réalité où une jeunesse glandouille, ça fume sans demander la permission à personne. Même pas au CSA qui laisse faire. Il faudrait savoir ce qu'on veut et laisser Sartre fumer en paix ; lui arracher sa cigarette des lèvres, c'est l'histoire réécrite.

*Morterolles, 24 septembre*

On pourrait reprendre le mot admirable de Jouhandeau à la mort de Chardonne en Mai 68 : « Quel silence dans ce vacarme. » Le mime Marceau est parti à son tour sur la pointe des pieds, battant des ailes comme un vieil oiseau déplumé. Marceau est mort en silence comme il a vécu.

Dîner chez Françoise au Moulin, cheminée flamboyante, lumière orangée aux bougies, la trompette de Chet Baker, parfois le roulement de la Gartempe qui s'emballe un peu... L'Amiral était de retour. Depuis bientôt dix ans que je suis reçu chez lui, l'Amiral s'en va ou il arrive. Françoise l'attend en s'affairant, seule le plus souvent à l'entretien quotidien du bâtiment. C'est une femme enhardie qui pousse la brouette et tire l'aiguille très bien. Sa table est impeccable, jamais ordinaire. Son petit genre écolo médecine m'amuse toujours, elle aime les films d'amour à deux sous et pense beaucoup à Marcel Proust quand elle tond sa pelouse. N'étant pas un spécialiste de la *Recherche du temps perdu*, je n'ai pas posé de questions qui nous auraient entraînés trop loin.

L'Amiral nous raconta quelques histoires de marins, soirée charmante dans ce lieu unique situé au pied d'un pont romain, là où passe la Gartempe dans sa splendeur.

Quand je pense à ce que j'ai entendu et supporté de quolibets et de moqueries de chansonniers lorsqu'il y a plus de vingt ans je créais à la télévision une émission fondée pour l'essentiel sur le patrimoine de la chanson, que j'invitais les chanteurs de la génération de mes parents, les vedettes des années cinquante, je ne peux que sourire lorsque je vois partout et sur toutes les chaînes des émissions résolument « modernes » consacrées aux années soixante-quatre-vingt. « Les vieux » trouvent leur compte de nostalgie et les plus jeunes découvrent.

*Morterolles, 25 septembre*

Au téléphone la nuit dernière, autour de minuit, Serge T. la voix basse, très affecté par la mort de Marcel Marceau – ils étaient très liés. Lorsque celui-ci jouait au Théâtre du Gymnase, Serge T. allait l'attendre à la sortie des artistes et ils s'en allaient manger des croque-monsieur et boire du vin blanc dans quelque café-tabac du quartier. Hier, Serge apprend la mort de Marceau comme nous tous, en regardant la télévision, sa télévision qui tombe en panne, image et son dans le même instant.

– Ce silence brusquement, comme un signe, m'a dévasté l'âme. Je suis resté prostré jusqu'à cinq heures du matin devant mon écran noir à me souvenir...

La télévision de mon vieux Serge devait dater des débuts de Marcel Marceau pour qu'elle s'éteigne à la même heure que lui.

Serge T. ira au Père-Lachaise demain, il fera des photos qu'il me montrera un soir d'hiver quand il aura moins de chagrin.

Quatorze heures. Départ pour Paris, l'île Saint-Louis où je ne suis pas retourné depuis mi-juillet.

*Paris, 26 septembre*

Dix-sept heures. Il n'a pas fallu une seconde à Claude Fugain pour comprendre que ma corde vocale ne reprendra pas du service par l'opération du Saint-Esprit. Elle m'a fait tirer la langue, j'ai agrippé ma main droite à sa cuisse droite. Sans me laisser le temps de reprendre mon souffle, elle me faisait recevoir par le professeur Frédéric Chabolle, chef de service. Grand, allure sportive, des mains somptueuses, souriant, sûr de lui, il m'a proposé la technique la plus efficace sur le traitement d'une corde vocale rétive : injection de silicone ou de collagène. Je n'écoutais qu'à peine, je le regardais et je me disais : ce type-là ne peut pas mentir, il ne serait pas là, à ce poste-là, s'il n'était pas capable de me tirer d'affaire.

Ma confiance en les médecins est déraisonnable, je l'ai déjà dit, mais j'ai toujours le sentiment d'être un cas unique.

Ce sera le 8 donc, le 8 octobre prochain que je retournerai à l'hôpital Foch pour l'intervention qui devrait me rendre le sourire et la voix. Les deux vont ensemble car je dois vraiment faire un effort en ce moment pour avoir l'air content.

Dîner en tête à tête avec Philippe à la Rôtisserie de l'Abbaye, l'endroit même de notre premier rendez-vous. Il y a huit mois que nous ne nous étions vus. Il a pris les deux kilos qui me manquent, mais lui me trouve très bien ainsi, très présentable (en vieux jeune homme – ça, c'est moi qui le dis). Il m'a paru sincère et rassuré. Nous avons parlé de politique beaucoup, de littérature un peu et des garçons qui rentrent et sortent de nos vies sans demander la permission.

*Paris, 27 septembre*

Reprendre Paris doucement, me réhabituer aux sirènes de police et de pompiers. Regarder les canards sur la Seine qui attendaient mon retour, un couple d'amoureux frigorifié sur la berge.

Quinze heures. La Plaine-Saint-Denis, mon bureau à deux pas du Stade de France, là où s'accumulent les uns près des autres les studios de télévision. Là où, peut-être, début décembre je reviendrai avec un beau costume et des bons chanteurs enregistrer des émissions. Peut-être car je ne veux jamais jurer de rien...

Gérard prépare des devis, Jean-Christophe organise le bureau et règne en grand ordonnateur des ordinateurs, Julie envoie pour moi des mails, Didier répond au courrier ; une reprise lente, on ne sent pas encore les feux de la rampe.

J'entends chanter France Gall sur une radio qui passe dans la rue et je sursaute parce que j'aime sa voix et ses chansons, parce qu'elle fut l'idole de mes vingt ans et surtout parce qu'elle ne me donne plus de nouvelles depuis plusieurs semaines. Je la rappellerai dès que je le pourrai. Elle me manque.

Message de Bertrand qui voudrait passer m'embrasser entre deux rendez-vous. L'Hôtel de Ville est, il est vrai, à deux tours de roues de Vélib'.

*Paris, 28 septembre*

C'est l'anniversaire de Brigitte Bardot. Pour elle comme pour nous, cela revient tous les ans à la même date et on en a un peu marre de prendre un coup sur la tête supplémentaire, comme si on en avait besoin à nos âges. Jusqu'à trente ans, le plus beau moment de la vie, ça va ; après il n'y a pas de quoi pavoiser. Je doute d'ailleurs que Brigitte pavoise ou s'apprête à pavoiser ce soir. Elle est à Paris exceptionnellement pour rencontrer, me dit-on, le président de la République, et elle s'en retournera vite à La Madrague où elle commence, me semble-t-il, à s'ennuyer. C'est Serge T. qui vient de m'appeler pour me conseiller de téléphoner à Brigitte, « ça lui fera plaisir ». Naturellement je ne téléphonerai pas à Brigitte Bardot pour la féliciter d'avoir pris un an de plus au cœur et au corps.

L'année dernière nous l'avions dénichée, avec Bernard son mari, attablée au fond de quelque estaminet du XVI^e^ arrondissement. J'ai dû le raconter dans *La Mélancolie des fanfares*, une omelette, une coupe de champagne et hop ! le tour était joué. Je lui ai donné mon bras pour traverser la rue de la Tour où elle dort trois nuits par an.

À ce bureau-là, sur la Seine, le square Jean-XXIII à ma gauche, Notre-Dame dans le prolongement, l'île de la Cité, des mouettes et quelques parapluies sur le pont Louis-Philippe, à ce bureau-là, je n'ai pas écrit depuis des mois, je suis un peu perdu, désorienté. Dina est en vacances au Cap-Vert, la maison n'est donc pas rangée aussi bien que je le voudrais. Didier a réussi, à peu près, à retaper les canapés du salon. J'ai fait mon lit, ce qui m'est arrivé souvent dans la vie, mais j'ai perdu l'habitude et puis ce lit est impraticable, je veux dire lourd, grand, les couvertures traînent par terre, bref, je me suis contenté de tirer un peu les draps et ça ira très bien ainsi. Je n'attends pas d'invité dans ma chambre la nuit prochaine.

Quatorze heures. Des sirènes de police qui hurlent, le quai des Orfèvres est à deux pas d'ici, l'adresse est tellement célèbre, inquiétante, poétique aussi. J'entends chanter Suzy Delair dont les flics d'aujourd'hui n'ont pas connu le tralala.

Benoît Duteurtre, mon voisin du pont d'Arcole, adore le tralala de Suzy Delair et, d'une façon générale, toutes les chanteuses qui ont passé l'âge de la retraite depuis la moitié du siècle dernier. On ne me reprochera pas d'être irrévérencieux avec les femmes de music-hall d'une autre époque après m'avoir accusé de les aimer trop. Je fais juste un peu d'humour qui fera sourire Benoît, musicologue éminent, écrivain distingué, très distingué même par les lecteurs et par ses pairs. Je crois qu'il ne déteste pas mes livres. Il s'est beaucoup inquiété de ma santé cet été. Nous sommes liés par le tralala de Suzy Delair, et un dégoût viscéral du progressisme.

L'idée même du progrès m'a toujours fait horreur, Berl m'a appris à m'en méfier dès mon adolescence. À la grande famille des progressistes ma mère se vantait d'appartenir, ma chère mère. On disait cela au Parti : progressiste, et on croyait avoir tout dit.

Partir des sirènes de police quai des Tournelles, pour en arriver aux illusions de ma mère en passant sous le tralala de Suzy Delair me donne le vertige. Si on laisse un peu traîner sa mémoire, on se retrouve vite en loques, défait par ce qu'il reste de nous et qui ne tient plus qu'à un fil dans l'inéluctable fuite du temps.

Il pleut, la Seine est grise, le vent pousse les nuages, un rayon de soleil tombe dans l'eau froide. Il en va ainsi de moi aujourd'hui et bien souvent les autres jours. Je passe sans répit de l'abattement à l'espoir. Je donne juste à temps le coup de pied au fond de la piscine (ou de la Seine) pour « refaire surface », selon l'expression populaire qui me va parfaitement. Je reste un type impossible. Si la lucidité ne me fait pas défaut, c'est elle aussi qui nourrit mon inquiétude ; cela donne une vie, des livres et des chansons, un grand amour et des amitiés inimaginables. Cela donne une vie avec des larmes autour et des bravos parfois.

Petites nouvelles du jour.

Toute une histoire, un pataquès parce que désormais il n'y aura plus classe le samedi. Les uns sont pour, les autres contre, comme d'habitude, quant aux syndicats enseignants, ils sont contre, mais de toute façon ils sont contre tout.

Pour ce qu'on apprend aux enfants, pour fabriquer un peu plus d'analphabètes, on ne voit pas pourquoi, en effet, il y aurait classe le samedi.

Dans le genre écolo, un sondage sorti d'on ne sait où indiquerait que 90 % des Français sont pour l'énergie propre, donc les éoliennes. A-t-on demandé à ces mêmes ahuris s'ils souhaitaient qu'on en plante tout autour de chez eux sur les plus beaux sites de France ? Moi qui suis un effarant réactionnaire, je préférerais des plantations de sapins. Mais ce sont toujours les progressistes qui décident, on voit les résultats.

« La révolution safran », dit-on. Joli nom. Ces moines bouddhistes si calmes, si beaux, qui avancent en rangs serrés face aux soldats de la dictature birmane, émeuvent le monde entier. Sauf les Chinois qui arment la junte. De toute façon, le monde entier ira quand même à Pékin pour les jeux Olympiques. Pendant les Jeux, la guerre continuera.

*Paris, 29 septembre*

Treize heures. Seul. Samedi. Sans plaisir. Paris. Pour rien. Didier est parti pour l'après-midi courir le guilledou du côté du Marais, là où il se passe tant de choses affolantes, dit-on.

Courir le guilledou, je ne sais pas pourquoi cette jolie formule (est-ce une formule ?) ne veut plus rien dire à personne aujourd'hui. De quand date-t-elle ? Elle a un petit côté bucolique et hétérosexuel, forcément hétérosexuel. Elle ne s'applique donc pas au projet de Didier. Je viens de consulter *Le Petit Robert*. Guilledou est bien là mais ce n'est pas comme je l'imaginais une fleur des champs. Je ne suis pas plus avancé, *Le Petit Robert* confirme ce que les anciens savaient : « Aller en quête d'aventure galante. » Voilà, Didier est en quête d'aventure galante, il est assez entreprenant pour attraper quelques tapins en solde au détour des rues chaudes. « Sans cela, j'irai au sauna. » Je suis content de le voir partir s'amuser, que ferait-il là, à tenir la chandelle devant mon bureau ?

Courent-ils le guilledou, Nicolas et Kouchner, dans les allées de Central Park ? Sur la photo que *Libération* commente, on voit le président dans sa tenue présidentielle, short, tee-shirt et baskets et son ministre idem. « Gare aux gorilles » écrit sur la poitrine, les types qui les cernent au plus près n'ont pas des têtes à courir le guilledou, ils surveillent la France au pas de course.

« Gare aux gorilles. » Que vient faire Brassens dans l'histoire ? Tout cela reste follement amusant, tous ces hommes de gauche qui cavalent avec, à côté ou derrière le président... Cela ne m'ennuie pas du tout de voir le parti socialiste se dépenailler de ses meilleurs.

Plus amusante encore est la prudence de Sioux avec laquelle les journalistes de la gauche caviar traitent leurs amis passés à l'ennemi. Un régal d'hypocrisie, une danse du ventre. On ne touche pas si facilement à Kouchner, à Strauss-Kahn, après les avoir encensés pendant trente ans.

La question maintenant est de savoir quand Jack Lang rentrera au gouvernement. C'est un bon marcheur, j'ai beaucoup marché avec lui derrière François Mitterrand ; reste à définir la couleur et le slogan du tee-shirt.

Un peu de dérision, voilà ce qui manquait à la politique, un président sérieux mais qui sait que la gravité des choses ne se porte pas en sautoir. Il a l'air d'un copain à nous qui a bien réussi dans la vie. Il ressemble au grand frère, au gendre, au père de famille ; au Stade de France il est chez lui. Nicolas S. balade son monde au pas de charge, il sait où il va, qui l'aime le suit.

J'ai souvent écrit et répété que j'aimais d'abord chez François Mitterrand ce qu'on lui reprochait. Il en va de même avec Nicolas S., tout ce qu'on lui reproche m'enchante. Ceux qui s'esquintent à lui expliquer à longueur d'éditoriaux, de commentaires, de débats, de livres ce qu'il doit faire et comment, ceux-là perdent leur temps. Il ne lit rien, à peine jette-t-il un coup d'œil distrait sur les titres. « Vos articles à la con », dit-il à quelques plumes en l'air dans un avion qui revenait de je ne sais plus où. Yasmina Reza est la seule à rapporter le compliment dans son livre de notes. Bonnes et mauvaises.

*Paris, 30 septembre*

Des lieux « magiques où se ressourcer », et l'hebdomadaire qui titre cela n'a pas honte. Est-ce la désinvolture d'un secrétaire de rédaction fatigué ou le coup de génie d'un rédac chef ultramoderne ? Des lieux « magiques où se ressourcer », et le journal de nous proposer d'aller traîner nos guêtres dans je ne sais quelles contrées improbables. S'il y a deux mots galvaudés, fatigués, mis à toutes les sauces, ce sont bien ces deux-là.

Deux mots qui font de l'esbroufe dans la conversation des gens commençant leurs phrases par : « au jour d'aujourd'hui » – qui dans le genre n'est pas mal non plus. Tout est « magique au jour d'aujourd'hui », n'importe quoi, le sourire des lapins de garenne, les fesses d'Arielle Dombasle, les vélos de Bertrand D., les moules marinière, le développement durable, la fête à Neuneu... magique ! C'est l'adjectif qui vient aussitôt à l'esprit des gens qui n'en ont pas.

Quant à se « ressourcer », je me demande depuis quelques années déjà d'où sort ce verbe-là qu'on ramasse dans les caniveaux. Se ressourcer ! A-t-on idée de faire d'aussi funestes projets ? Et pourquoi pas : se reposer, se détendre, s'évader ?

Jeanne d'Arc entendait des voix, moi j'attends la mienne. Dimanche prochain en fin d'après-midi, Gérard et Jacqueline m'emmèneront du côté de Suresnes à l'hôpital Foch où l'on m'installera dans une chambre avec vue sur la mer. Dans ma mémoire des chansons, il n'y a pas la mer à Suresnes, mais des jardins ouvriers, des villas chic cachées sous le lierre et les glycines, des bals-musettes, Meudon, Robinson ne doivent pas être très loin. Si je rechante, autrement dit si le professeur C. réussit son coup, j'inscrirai à mon répertoire une chanson de ce temps-là, du côté de Suresnes où le dimanche les amoureux n'allaient pas se ressourcer mais s'aimer sous les frondaisons, danser sous les tonnelles.

Quatorze heures. Didier s'apprête à sortir de nouveau cet après-midi, depuis l'aube il rôde d'ailleurs autour de l'île. Il semblerait que son escapade d'hier n'ait pas été un triomphe, elle s'est achevée piteusement dans un sauna du boulevard Sébastopol où la vapeur était tiède et où les garçons bandaient mou. À l'heure qu'il est, il cherche à dissiper son ennui. Il est allé se faire bronzer sous des néons UV dans une boutique spécialisée du Marais. Il est maintenant descendu fumer une cigarette sur la berge du quai d'Orléans, son portable en poche, attendant l'appel d'un copain qui ne rappelle pas. Didier ne tient pas en place, il ne sait pas quoi faire de sa peau, alors il bouge pour bouger. Je le regarde se débattre avec lui-même, avec ses indécisions.

Modiano interviewé par Jérôme Garcin dans *Le Nouvel Observateur*, un écrivain de mon âge qui m'intimidait, lui, le timide de profession. Jérôme que j'ai vu beaucoup au milieu des années soixante-dix, déjà journaliste, bientôt écrivain on pouvait le parier. Jérôme aimait beaucoup mes livres et l'écrivait partout. Modiano, Garcin, ma jeunesse, et Berl pas très loin, plus pour très longtemps, que nous vénérions. Nous mangions des huîtres à Montparnasse en bas de chez lui avec Jérôme. Il me promettait l'Académie, c'est lui qui s'assoira dans le fauteuil qu'on lui tendra. Les dernières phrases de Modiano sont pour l'automne :

« Une saison où malgré les feuilles mortes et les jours qui raccourcissent, tout paraît recommencer, tout devient possible. Je ne l'éprouve pas comme un moment de mélancolie, mais au contraire comme un moment à la fois excitant et rassurant. L'automne ne me donne jamais le cafard, il me donne envie d'écrire, de partir à la recherche des points fixes comme d'autres font des mots croisés. »

Que me réserve octobre ? Ce mois de ma naissance, celui terrible qui emporta Stéphane et mon père...

– Dis-moi que tu m'aimes.

– Je te l'ai déjà dit.

– Oui, mais pas comme je veux, tu as l'air de penser à autre chose, de me dire ça sans conviction...

Une fille brune avec des cheveux plein les yeux qui essaie d'arracher un peu de tendresse, un cri du cœur à un grand escogriffe, jeans en bas des fesses, slip apparent. Ils sont sous la fenêtre de mon bureau, elle de face, lui de dos qui regarde l'autre rive. Est-ce l'eau de la Seine qui porte les voix jusqu'à mon oreille ?

« Dis-moi que tu m'aimes », la question qu'il ne faut jamais poser, toutes les filles la posent, des garçons aussi. L'évidence même n'a pas besoin d'être dite ou alors quelque chose ne va pas. Les garçons qui se font prier pour dire je t'aime, il faut s'en servir et les jeter par-dessus bord.

C'est peut-être ce journal qu'il faudra jeter par-dessus bord ! Je prendrai une décision quand Pierre S. l'aura lu, quand je me sentirai mieux qu'aujourd'hui, mieux disposé envers moi. Le serai-je jamais ?

*Paris, 1er octobre*

Une enveloppe carrée, violette, écriture enfantine, adressée à mon vrai nom. Les quelques jeunes filles qui m'envoient des lettres choisissent ces couleurs d'écolière : jaune, rose, orange, violette. Au dos, pas de nom d'expéditeur.

Sans réfléchir, j'attrape mon coupe-papier et je découvre une carte postale illustrée façon bande dessinée. Je reçois tant de gentilles missives que je ne m'étonne pas immédiatement. Je lis :

« J'ai appris par la presse que tu as eu des problèmes de santé. Je ne suis pas resté insensible à cette nouvelle. Je voudrais que tu te rétablisses le plus vite possible et que tu prennes bien le temps de te reposer par la même occasion. »

Et c'est signé : Julien, qui ajoute en PS :

« Des nouvelles concernant ta santé ne me seraient pas déplaisantes. »

Julien... s'il avait mis son nom au dos de l'enveloppe violette, je ne l'aurais pas ouverte. Il aura vingt-deux ans avant Noël, mais il restera longtemps l'adolescent tourmenté et joyeux que j'ai tant aimé.

Où en est-il de ses études, a-t-il une petite amie, habite-t-il toujours avec sa mère ? Julien revenant là où vraiment je ne l'attendais pas. S'il ne l'avait pas appris par les journaux, jamais je ne lui aurais fait part de mes problèmes. Il faut laisser la jeunesse avec les siens et ne pas l'embarrasser des nôtres. Serge entre dans mon bureau à l'instant où j'écris la phrase qui précède et me demande qui m'a envoyé cette carte bariolée que j'ai posée sur mon manuscrit et qu'il voit à l'envers. « Julien, c'est Julien », lui dis-je... « Enfin, tu t'es décidé à l'ouvrir. » Je lui réponds que non, que la fameuse lettre n'est toujours pas décachetée et je la lui montre. Alors quoi ? Je lui explique et nous lisons ensemble les légendes de la bande dessinée au recto de la carte : « Pour aller mieux je t'envoie... du sirop, des oranges, une bonne tisane, des pansements, du soleil, de l'aspirine, des mouchoirs, et... ma petite soupe aux bisous ! »

La tendresse enfantine de Julien... Il est allé chez un marchand choisir, peut-être même en hésitant, la carte appropriée. Julien a toujours oublié mon âge. Je vais lui répondre, lui écrire qu'il m'a ému, que je le reconnais bien là. Je n'irai pas plus loin, je ne reprendrai pas notre langage amoureux, les grands garçons n'aiment pas qu'on leur rappelle leurs moments d'abandon. Je vais lui écrire comme un père à son fils avec entre les mots de l'amour quand même.

Je suis passé embrasser ma mère à Antony ce midi avant de prendre la route pour Morterolles. Elle se porte comme un charme, quatre-vingt-neuf ans bientôt, une belle nature. Elle m'a trouvé « meilleure mine qu'il y a un mois, et puis ta voix s'arrange on dirait... ».

On dirait...

*Morterolles, 2 octobre*

Il fait tiède, il n'y a pas plus mauvais temps pour moi que tiède. Il y a aussi des gens tièdes, sans caractère, qui ne se mouillent sous aucun prétexte, d'accord avec le dernier qui a parlé. Nous en connaissons tous autour de nous, certains sont de mes relations, pas de mes amis en tout cas.

Tiède donc. Il est déjà dix-sept heures trente, j'ai dû répondre à des dizaines de lettres, régler des salaires, répondre au notaire, donner quelques directives aux jardiniers, etc. Comme tout cela m'ennuie désormais. Je suis las d'avoir à gérer tant de problèmes domestiques. Je ne sais pas quand ni comment mais je vais changer tout ça, me débarrasser au maximum de ce qui encombre la vie d'un homme.

Dix-huit heures trente. Serge a repris sa place au bar de la cuisine couvert de magazines, découpes publicitaires et photos... Bref, il travaille et répond au téléphone à ma place, ce qui m'évite de me fatiguer en fin d'après-midi. Le problème est qu'il ne sait pas dire non et si je ne prends pas Bertrand, par exemple, pour ne pas lui imposer une messe basse, il tremble, pensant qu'il sera pendu haut et court place de l'Hôtel-de-Ville.

Dîner au Moulin. Soufflé au fromage délicieux. Depuis ma grand-mère dans les années cinquante, je ne connais pas une femme ni un restaurant qui propose du soufflé au fromage. Sans doute est-ce un plat démodé. Françoise en a fait l'une de ses spécialités.

Son Amiral de mari, actuellement en « congé », passe ses journées à arracher de lourdes pierres à la Gartempe pour en faire une terrasse. Il se brise les reins pour embellir un endroit qu'il va vendre et ne vendra pas plus cher pour cela.

*Morterolles, 3 octobre*

Heures indécises, attente de résultats, décisions à prendre que je préfère retarder.

J'avais enfilé ce matin par-dessus ma chemise un polo, cadeau de Marianne. En moins de temps qu'il n'en faut pour le dire, j'avais compris qu'il ne m'allait pas, ni la couleur, ni la forme, ni le col ne convenaient. En me voyant ainsi attifé, Serge poussa un cri : « Ah non, enlève ça tout de suite, ça te donne une mine affreuse ! » Je l'ai enlevé aussitôt en lui demandant d'aller le jeter ou de l'offrir à qui en voudrait. Mais lui, naturellement, il vient de l'essayer et prétend qu'il lui va mieux qu'à moi, ce qui n'est pas difficile. Le polo de la chère Marianne ne le transforme pas en milord pour autant. Il raffole de ces accoutrements divers et variés qui le déguisent.

*Morterolles, 4 octobre*

« Au lieu de rester là à ton bureau à ruminer je ne sais quoi, viens, on va faire un tour. »

Serge T. a raison, j'étais de toute façon décidé à faire ce que nous appelons le grand tour de la propriété, du parc Jouhandeau derrière l'église au chemin Dalida, ça fait un joli bout de chemin. Serge ne prend jamais sa canne par coquetterie, mais il n'oublie pas son sac en plastique plein de carottes et de pain rassis pour les ânes et les chevaux.

Seize heures trente. Les jardiniers ramassaient les feuilles mortes à la pelle, jaunes celles des peupliers d'Italie, rouge sang celles des vignes vierges qui courent sur la petite maison de Vincent, qui fut celle de Prudy cet été. Avant de remonter ici, nous avons mangé de la crème anglaise et bu du thé.

Bertrand D. au téléphone qui commence sérieusement à s'impatienter de ne pas me voir. Je le blague un peu sur ses écolos, il ne répond même plus. Il me demande si je pense que Jack Lang sera ministre de Sarkozy, je lui réponds oui, et Julien Dray ? Cela ne me paraît pas invraisemblable. « Tant mieux », me répond-il, dans le genre je me passerais de lui sans problème.

Fin de journée languissante, rien dans mon courrier ni dans la presse n'aura réussi à me sortir de l'ombre où je m'enferme. Je viens d'écrire une longue lettre au professeur.

*Morterolles, 5 octobre*

Ouvreuse au Moulin Rouge, quel joli passe-temps pour une jeune femme des années cinquante... avant que ne débarquent des hordes de Japonais à la queue leu leu. Modiano a décidément le chic pour choisir ses héroïnes. Je me souviens d'un ouvreur à Bobino où j'allais au promenoir le lundi en matinée quand j'avais quinze ans, un ouvreur qui tenait à me placer lui-même, le plus près de lui si possible. Rien de grave, il ne m'a pas fait grand mal, on ne meurt pas de ces affaires-là.

Bedeau à Saint-Nicolas-du-Chardonnet, poinçonneur des Lilas, vendeur de billets de la Loterie nationale, sous-maîtresse au One-Two-Two, gardien de cimetière au Père-Lachaise, marchande de parapluies à Cherbourg, bergères... Y a-t-il encore des bergères, sûrement non, il y a belle lurette qu'elles n'épousent plus les princes charmants. Y a-t-il encore des princes charmants, un dans mon cœur et quelques autres ? Ouvreuse au Moulin Rouge, je ne vois pas de titre plus noble que celui-ci. Profession : ouvreuse au Moulin Rouge. On devait être fière d'inscrire cela sur ses papiers d'identité. Ce ne sont pas des métiers mais des grâces que la vie vous donne.

Voyante extralucide, il y en avait une installée à l'année dans une roulotte place de la Nation. Garde champêtre à Massy-Palaiseau ou à Sarcelles dans les années trente. Oui, je me crois obligé de préciser la date où l'autorité folklorique d'un garde champêtre avec tambour faisait merveille à Massy-Palaiseau ou à Sarcelles.

Je n'irai pas rechercher l'allumeur de réverbères, mais je suis sûr que Modiano saura de quoi je parle si je lui rappelle la quincaillière de Chicago.

À Modiano, personne ne reproche l'ouvreuse du Moulin Rouge ; à moi, on en profiterait pour moquer une fois encore mon goût de ce monde englouti dans les rayons bricolage des supermarchés.

Peut-être encore quelques gangsters à Chicago mais des quincaillières, il doit falloir chercher.

*Morterolles, 6 octobre*

J'appelle ça écrire sur une fesse entre la douche et le courrier, le sac de voyage à vérifier. Retour à Paris donc, Didier sera notre chauffeur. Je rentre en traînant les pieds, demain soir je couche à l'hôpital Foch. Il y a dans la vie des perspectives plus exaltantes.

Je n'aime ni les départs ni les arrivées, ces remue-ménage ne me vont pas. Ce matin moins que jamais.

Pierre S., qui a lu cent cinquante pages de ce journal, a téléphoné deux fois hier, une fois ce matin trop tôt pour me parler, mais comme je ne pourrai pas répondre aussi précisément que je le fais d'habitude ni à ses compliments ni à ses critiques, j'ai décidé de me donner une semaine. La littérature attendra.

Dîner au coin de la rue de Bièvre dans ce restaurant que nous appelions l'Italien et qui vient de changer de propriétaire. Pratique le samedi soir, il suffit de traverser le pont. D'une manière générale, il est recommandé de ne pas sortir de chez soi le samedi soir à Paris où la banlieue en rangs serrés vient voir passer les bateaux, ce qui n'est pas répréhensible, mais d'autres, moins bucoliques, envahissent le Marais et les Champs-Élysées.

S'ajoutent ce soir deux inconvénients majeurs, il y a rugby sur tous les écrans de la ville et, à peine le match terminé, commencera la Nuit blanche, une invention de notre cher Christophe Girard, qui mettra la ville dans tous ses états : des poètes et des joueurs de flûte seront les rois de la rue. Sans oublier les inénarrables concepteurs d'art moderne qui auront sûrement prévu des fontaines sans eau, des sièges où l'on ne peut pas s'asseoir, des statues vivantes, autrement dit des jeunes filles badigeonnées de miel et de crème anglaise. Sans doute peut-on espérer également une nouvelle gamme de W-C à la turque inspirée de l'œuvre « génialissime » de Niki de Saint-Phalle... On nous annonce aussi des projections de vidéos sur le thème du développement durable, avec un zeste de biodiversité. Et pourquoi pas quelques scènes affriolantes où l'on verra des jeunes personnes se tremper le cul dans des bacs de glace pour lutter contre le réchauffement de la planète ? Ça devrait plaire aux supporters de notre équipe de France qui, drapeau dans une main, bière dans l'autre, iront défiler eux aussi dans les musées avec les bobos. Plus on est de folles !

Ma nuit, de toute façon, si elle n'est pas blanche, sera grise.

*Paris, 7 octobre*

C'est la fête des vendanges à Suresnes, je me doutais bien qu'il restait de ce côté-là, à l'ouest de Paris, quelques traditions charmantes. *Le Parisien* nous invite d'ailleurs à nous rendre gaiement à la fête à Suresnes. C'est ce que nous ferons dans une heure ou deux. Gérard me conduira à Foch, c'est sa région, Jacqueline et Didier resteront un moment dans ma chambre avec moi. Peut-être entendrai-je au loin des trilles d'accordéon, mais tout ça c'est de la littérature et en ce moment, je me moque bien de la littérature. D'ailleurs, les trilles d'accordéon, c'est la littérature de grand-papa, Simonin, Boudard et les autres. Cet après-midi, ce sont les tam-tams du rap qui rythmeront la danse des vendangeurs.

*Paris, 11 octobre*

Il fait glacial dans les blocs opératoires. Trente-six heures à Foch comme prévu. Un géant blond penché sur ma corde vocale, des infirmières à qui j'ai distribué des bises et du chocolat, une insondable lassitude en moi, une tristesse, et cette patience que je finis toujours par apprivoiser sur un lit d'hôpital.

Didier est là, il prépare les aérosols et le thé. Il se montre dans ces circonstances irremplaçable.

Seul dans ma tête, emmuré dans des pensées terrifiantes, je peux encore, avant d'avaler un somnifère, regarder passer les derniers bateaux sur la Seine.

Sur mon répondeur, des messages de partout auxquels je ne peux pas répondre. Jean-Christophe et Didier calment les indiscrets.

Seul au cœur même de Paris dans sa splendeur absolue, seul comme jamais, je cherche en moi la force de tenir, d'y croire un peu.

Si je reprends ce journal, c'est qu'il me semble avoir reconnu ma voix sur une phrase ou deux que Gérard, sur les conseils de Claude Fugain, m'a demandé de prononcer tout à l'heure.

– Maintenant arrête de chuchoter, recommence à parler normalement, à plusieurs reprises dans la journée, sans forcer... les choses vont se remettre en place...

Il y croit, lui, j'ai retenu les larmes de tension qui circulent dans mes veines depuis des mois. J'attends d'être sûr de reparler normalement pour me vider. Personne, ou presque, ne sait le poids des larmes qui m'étranglent.

Depuis le retour de Morterolles, je n'ai pas vu mon cher Serge T. mais il court, me dit-on, de la mairie de Paris à l'Académie des arts où il est attendu partout comme le messie. Il était naturellement aux premières loges hier pour la remise d'épée au photographe Lucien Clergue.

– J'ai fait ta gloire, lui dis-je souvent...

Ce n'est pas faux mais je le taquine. Il était déjà avant notre rencontre une figure, je veux dire un nez, une moustache, des dents en nombre incalculable et, par-dessus, ce sourire avenant qui lui vaut tant de conquêtes. Il appelle chaque soir Didier pour s'inquiéter de moi et nous raconter ses exploits de la journée. Il me transmet le bonjour empressé du Tout-Paris qui pétille, des gens que je connais à peine. Gabriel Matzneff, qu'il a croisé par deux fois dans le Marais, a eu des mots très chaleureux à mon endroit. Il découvrira en lisant ce journal – si ses donzelles lui en laissent le temps – que j'ai passé de longs moments à le lire. Serge n'est pas au courant d'ailleurs, personne ne sait ce que je raconte dans ce journal, même pas moi qui me relis à peine.

L'important ne sera pas le style ou la qualité littéraire de ce journal, mais qu'il soit. Qu'on le touche simplement ou qu'on le lise, qu'on le jette, qu'il soit là seul compte. Pour moi.

En mangeant une crêpe que Didier est descendu m'acheter dans une baraque à touristes rue Saint-Louis-en-l'Île, je jette un œil sur les hebdos du week-end.

Cécilia, pourquoi est-elle allée à Belgrade ?

Cécilia, pourquoi n'est-elle pas allée à Belgrade ?

Cécilia, l'insaisissable first lady.

Cécilia et son angine qui n'était pas vraiment blanche. Cécilia qui reçoit des gentils mots tendres de madame Balkany. Cécilia qui décommande Drucker. Cécilia qui vient d'enterrer le père de ses filles, j'ai envie de la serrer sur mon cœur.

Comment va-t-elle tenir ? Et lui, qui l'aime à la folie, comment va-t-il tenir ?

*Paris, 12 octobre*

J'espère que les journalistes, dont beaucoup de mes amis, de mes lecteurs aussi, ont bien compris que je ne répondrai à aucune question, j'ai bien dit aucune, touchant à ma vie privée ; on n'ouvre pas de force une chambre d'hôpital. J'en aurai dit assez dans ce journal pour n'avoir pas maintenant à commenter mes commentaires ou ceux des uns et des autres. Au mois de juin, je crois, quatre paparazzi ont mis l'île Saint-Louis sens dessus dessous, proposant de l'argent au voisinage, car une rumeur me prêtait un fiancé et ils voulaient nous surprendre. Rien de très grave sinon que les gens de la rue étaient scandalisés. Tous ont refusé de se prêter au jeu et le concierge a fini par appeler la police qui leur a demandé de déguerpir. À ce moment-là, j'étais on sait où et dans un état qui n'était pas celui d'un tombeur. J'aurais bien aimé que leur histoire soit vraie et qu'ils fassent une belle photo de moi avec un jeune homme sur les berges de la Seine. Oui, cette histoire-là m'aurait comblé de fierté, elle était jolie. L'amour ne me fait pas peur, n'est pas indécent, ma chambre à coucher n'est pas interdite. Le reste, le plus intime de nous, chacun est libre d'en parler ou de se taire. Je me tairai.

C'est beau une centrale nucléaire la nuit, le jour aussi. Moins sinistre que ces moulins de fer piquants appelés éoliennes et qui commencent à défigurer la plaine de la Beauce, celle de la Marne et d'autres qui ne perdent rien pour attendre.

Je m'exaspère, c'est bon signe. Il en ira peut-être autrement demain.

*Paris, 13 octobre*

Elle ressemble à nos grands-mères d'autrefois. Elle ne s'attendait vraiment pas à une si belle surprise. Elle achetait des artichauts dans un supermarché londonien avec deux copines de son genre, mémés bohèmes, pas de roses pompons dans le chignon, rien, des cheveux gris tirés à la diable. Et alors qu'elle rentrait préparer son déjeuner, on lui annonce sans ménagement qu'elle est prix Nobel de littérature. Elle dit qu'elle n'a rien demandé, mais qu'elle est contente. Et là-dessus, notre bonne grand-mère, Doris Lessing, s'en est allée vers ses fourneaux ouvrir une bonne bouteille.

Quatorze heures. Didier, affalé sur son lit, l'ordinateur sur les genoux en guise d'alibi, cuve les vodkas qu'il a avalées dans de grands éclats de rire la nuit dernière.

– Je sors faire un tour rive droite de l'autre côté du pont, au coin du restaurant où nous avions dîné en juillet... il y a une boîte sympa avec des garçons délurés.

De ce côté-là de l'île Saint-Louis, on a plus de chances, en effet, de tomber sur des garçons que sur un bataillon de majorettes en folie. Résultat, il est en loques. Sont-ce les garçons ou la vodka ?

*Paris, 14 octobre*

Dutronc entouré de vingt-huit chats. Pour quoi faire ? Dans une maison en Corse trop grande maintenant où il s'ennuie éperdument.

Monticello. Je ne connais pas la Corse. Je ne connais pas Dutronc, j'ai aimé ses chansons autrefois, mais c'était il y a si longtemps. Sa voix blessée ce matin m'émeut. L'interview qu'il a donnée à *Madame Figaro* glace le sang.

« Je n'apprécie plus la solitude, ce doit être l'âge. Les grandes maisons, c'est fait pour recevoir des amis. Tout le monde est parti et maintenant ici c'est sinistre. Je vais bientôt me pendre. En réalité, je dois être un peu dépressif, il y a trop de hauts et de bas dans la vie. »

Il a trop évidemment raison pour qu'on ne tremble pas en l'écoutant parler du haut de sa montagne, un cigare épuisé entre les dents.

Il dit : « Thomas qui était là l'été dernier », en père dont on comprend qu'il lui manque. Pas un mot sur Françoise, la pudeur.

Je n'ai jamais cru au côté joyeux drille de Dutronc, pétomane pour noces et banquets. Il faut le croire quand il dit en riant qu'il « va se pendre ».

Il y a des jours comme ça où l'on dit des choses tristes pour se faire plaindre un peu. Il y a des jours où l'on s'exécute.

*Paris, 15 octobre*

Tout le monde veut sauver la planète, sauf moi qui en ai marre et plus que cela encore marre des grandes consciences qui s'arrachent cette pauvre planète pour la sauver. Moi, je m'en tape. J'ai bien compris qu'il ne faut pas être égoïste, qu'un minimum de vigilance s'impose, j'ai bien vu les glaciers fondre et cela me désole, mais de grâce qu'ils arrêtent, les uns et les autres, de nous faire honte et peur.

Rien n'est plus rentable aujourd'hui que de s'inscrire sur la liste des défenseurs de la planète, ça vous donne bonne mine et si ça se trouve, vous pouvez décrocher dans la foulée le prix Nobel de la paix. Moi, ce que je voudrais sauver, ce sont les enfants de la planète, anges blonds ou noirs, exploités en esclavage, battus, vendus, revendus, prostitués, ce combat-là me semble le plus important.

Des enfants travaillent dans des mines et dorment sur des tas d'ordures, on voit ça tous les soirs à la télévision, des enfants chair à canon, des enfants violés à la chaîne. L'horreur partout. Si c'est pour eux que de belles âmes veulent sauver la planète, il faudrait peut-être commencer par les sauver des mains de leurs tortionnaires, leur donner à manger, leur apprendre à lire et à écrire. J'en ai ma claque des sauveurs de la planète, porteurs autoproclamés de la parole de Dieu. Ce bon monsieur Al Gore devrait se mettre au régime.

« Quel charme, quelle fraîcheur ! » s'exclame Philippe Sollers, jamais en retard d'une jovialité pour saluer le génie de Sade, ce bon marquis dont on sait ce qu'il faisait des jeunes filles et des petits enfants. Allez hop ! tout ça dans la Pléiade, tortures à volonté, une fessée par-ci par-là, « quel charme, quelle fraîcheur ».

Il ne faut pas pour cela interdire Sade, qui oserait d'ailleurs ? Des hommes partout dans le monde, les barbares que j'évoquais à l'instant, ne savent pas lire et se livrent sans risque aux pires atrocités que le Divin Marquis n'aurait imaginées.

Chaque fois que paraît à la télévision le Stade de France, la nuit surtout, chaque fois que je passe sur l'autoroute A1, j'admire le chef-d'œuvre et je bénis ce bon monsieur Balladur d'avoir choisi ce projet miraculeux contre celui de Jean Nouvel, une atrocité, mais c'est un pléonasme, que mes amis de « gôche » auraient évidemment préféré.

Les progressistes n'ont pas le monopole des horreurs architecturales, Beaubourg restera dans le genre une caricature. Tout n'est pas perdu pourtant. Pierre, un ami de Serge T., a été enchanté et sidéré par la question de son petit-fils : « C'est quoi comme usine, ça, papy ? » Ce charmant garçon a sept ans, il n'est pas demeuré, ni les musiques ni les ordinateurs de sa génération ne lui sont étrangers, mais quand il passe en se promenant avec son grand-père dans un quartier chargé d'histoire, il voit une usine là où les « modernes » voient un musée. Oui, un musée.

Il n'y a donc pas que les vieux cons réactionnaires dans mon genre pour se dégoûter trente ans après de ces tuyaux bariolés – peinturlurés serait plus juste.

« Appelle-moi quand tu veux. » Je ne vais pas l'appeler, évidemment, mais je viens de lui écrire trois lignes d'affection à l'Élysée, à elle aussi j'ai écrit à la même adresse. Officiellement ce matin, rien de nouveau rue du Faubourg-Saint-Honoré.

Dîner pizza délicieux dans une brasserie pour trentenaires à côté de la mairie du IVe, à l'orée du Marais coquin.

Didier a eu cette bonne idée de me proposer une courte escapade dans ce lieu vivant d'une jeunesse épatante. Ma tendance serait plutôt de me planquer. Les garçons qui dirigent l'endroit ainsi que les serveurs furent empressés et cordiaux.

M'ont frappé le style, l'allure d'une grande majorité des clients entre trente et quarante ans qui avaient des dégaines, des moustaches années soixante-dix. Des personnages échappés des premiers journaux de Renaud Camus, deux ou trois d'ailleurs lui ressemblaient. Des blonds cheveux ras, regard rond, vaguement hallucinés.

Dans les propos sur la littérature que Pierre Michon a rassemblés sous le titre *Le roi vient quand il veut*, je picore un peu chaque nuit. Ça manque un peu de Guéret, la ville de son enfance dont il semble avoir un peu honte. Mais j'ai dû mal interpréter. Et puis, çà et là, des vérités rafraîchissantes : « Je suis convaincu qu'on ne choisit pas ce qu'on est, qu'on ne peut pas se faire. »

Imagine-t-on les hurlements, le lynchage en règle auquel aurait eu droit un homme politique ou n'importe qui de courageux parlant sans crainte ? Encore l'inné et l'acquis. Nicolas S. en a entendu des vertes et des pas mûres pour bien moins.

« Selon que vous serez puissant ou misérable, les jugements de cour... »

Rien n'est moins vrai depuis une dizaine d'années que cette vieille sentence.

*Paris, 16 octobre*

Rien, plus jamais rien ce jour-là. Le chanteur de rock est sorti de prison. J'ai mis une chemise jaune, un costume rayé bleu marine, j'appelle ça me faire beau, c'est un peu exagéré, mais il y a du vrai. Me faire beau pour qui ? Pour moi d'abord, ne pas renoncer à plaire un peu. Philippe, avec qui je dînais chez Lipp hier, m'a trouvé très bien. Je ne pouvais rater mon retour à Paris à la table la plus courue du boulevard Saint-Germain.

Comme chaque fois que je dîne chez Lipp, je m'attarde avant dans une grande librairie sombre où j'essaie de découvrir un livre lisible. Pas un roman bien sûr, à part ceux de Benoît et Philippe, je n'en lis jamais. Hier j'ai acheté *L'Obscénité démocratique* de Régis Debray, *Un livre blanc* de Philippe Vasset, *19 secondes 83 centièmes* de Pierre-Louis Basse. Philippe, qui le feuilletait avant que j'arrive, m'a fait remarquer que la scène se déroule le 16 octobre 1968 à Mexico, quelques milliards de secondes après l'assassinat de Marie-Antoinette. Le 16 octobre, ni mon père, ni Stéphane, ni Dieu, ni ma mère ne peuvent rien pour moi.

J'ai acheté également *Formation* de Pierre Guyotat et des entretiens de Michel Chaillou sur la littérature.

Je ne sais pas si je lirai plus de trois de ces livres mais les tenir me rassure.

Philippe, à ma demande, m'a remis les épreuves non corrigées d'*Un homme accidentel.*

Elkabbach écharpe bleue, Michel Field baskets de jeune, un adolescent face à moi dont je suis sûr qu'il a le sourire de Sacha Distel, des journalistes, quelques vieux tableaux poudrés, Lipp à l'heure de sa réputation.

Quinze heures. Philippe vient de me laisser le message qui suit : « Je t'annonce que tu as raison, ton amie Cécilia Sarkozy est décidément très belle. J'ai déjeuné à deux tables de la sienne au restaurant l'Avenue qui se trouve à l'angle de l'avenue Montaigne et de la rue François-Ier. Elle était avec deux amies et, pour une femme censée divorcer sous quarante-huit heures, elle m'a paru en forme, détendue... »

Philippe devrait savoir, et d'ailleurs il sait, que même quand on est déprimé, on s'affale rarement dans les cafés du VIIIe arrondissement, surtout si, par extraordinaire, on est encore la première dame de France.

Des 16 octobre historiques, il y en a beaucoup, j'ai déjà dû en relever quelques-uns dans ce journal, celui d'aujourd'hui sauf l'improbable d'ici minuit ne fera pas date. À l'échelle du monde, je ne vois pas une reine qu'on va décapiter ou un pape qui s'installerait sur le trône de saint Pierre. Rien donc, sauf dans nos vies minuscules de misérables êtres humains.

Mon âme à marée basse. Peut-être aussi celle du voisin. Je l'espère, on est moins seul.

*Paris, 17 octobre*

Le ministre de la Ville, madame Amara, s'est vue beaucoup félicitée pour avoir prononcé l'adjectif « dégueulasse » à propos d'un amendement du député Mariani.

Un ministre pourrait parler autrement mais pourquoi ne l'a-t-on pas félicitée quand elle a parlé de « la glandouille » de certains jeunes de banlieue qui feraient bien de se bouger un peu ? C'était bien vu, et pourtant personne ne l'a félicitée. Étrange !

*Paris, 18 octobre*

Des mots sur tous mes répondeurs, des mots de vraie tendresse, prononcés avec cet accent inimitable qui traîne un peu et chante aussi : « Mon petit Pascal, c'est moi, qui vous savez. » Brigitte. De ses nouvelles encore ce matin dans *Le Nouvel Observateur* : « J'en avais plus qu'assez d'être jolie tous les jours, maintenant je suis moche tous les jours, ça rattrape le temps perdu. »

Brigitte dans sa splendeur, cette formidable lucidité, ce franc-parler qui lui vaut parfois d'atroces insultes. Brigitte Bardot telle qu'on l'aime, libre, et qui n'aura jamais cédé sur l'essentiel.

Treize heures vingt. Le communiqué officiel de l'Élysée qui confirme la séparation du Président et de Cécilia ne fait que quinze mots. C'est bien suffisant, ça rend déjà fous les journalistes qui aimeraient un peu plus de romances et de drames. Il y a quelque chose de Bardot chez Cécilia. Je ne sais évidemment rien de ce qui se trame rue du Faubourg-Saint-Honoré, je suis triste. « Ils allaient si bien ensemble », écrit-on dans les romans. Ça sautait aux yeux. Je garde un souvenir enivrant de cette soirée ici où ils s'aimaient tant. Sait-on jamais ce que cachent les embrassades et les sourires des couples que l'on envie ?

Grève des transports, la France presque paralysée. On connaît le scénario, toujours le même, des gens éructant, des gens rouspétant sur les quais de gare. Depuis que je suis en âge de comprendre ce film-là, je l'ai vu jouer cent fois, tous les gouvernements doivent s'y attendre, et d'ailleurs ils s'y attendent. Les cheminots veulent conserver leurs privilèges, c'est humain, il est très rare de rencontrer des privilégiés qui demandent pardon. D'un autre côté, on approuve ceux qui se plaignent d'être les dindons de la farce. Les internes et le personnel hospitalier sont en grève, eux aussi, pour de très bonnes raisons. Seulement voilà, le pouvoir de nuisance est minuscule, les malades, on s'en fout pourvu que les trains roulent. Affreuse société que la nôtre qui sacralise les vacances, le camping, le téléphone portable et pense que les infirmières n'ont pas à se plaindre de la chance qu'elles ont de nous soigner nuit et jour pour des clopinettes.

*Paris, 19 octobre*

C'est toujours l'inimaginable qui est le plus probable, de quelque côté que l'on se penche, on tombe de haut. L'inimaginable dans nos vies, c'est presque toujours une mauvaise nouvelle, une désillusion, un drame... C'est parfois l'amour, ce miracle. J'aurais vécu sidéré, assommé, émerveillé moins souvent, par la vie.

Il y a beaucoup de malheurs plus grands, et c'est un euphémisme, que le divorce de Nicolas et Cécilia, ce même jour 16 octobre, puisque nous le savons, des millions de couples se séparaient comme la veille et comme le lendemain. L'amour, ce désastre annoncé, nous fera envie jusqu'à la fin du monde.

« Le divorce du président de la République n'intéresse personne », déclarait hier dans l'émission d'Yves Calvi un sociologue professeur de droit comme on en croise désormais sur tous les plateaux de télévision. Il faut être aveugle et sourd pour annoncer des conneries pareilles. Sec, Calvi lui a répliqué : « Ça n'intéresse personne sauf les lecteurs de journaux dont les ventes explosent et les téléspectateurs puisque nous venons de recevoir plus de mille SMS et mails à peine l'émission commencée. » Ce même professeur de droit qui prétendait dans *Libération* que le Président ne pouvait pas divorcer – on voit le genre de type.

Depuis quand, quel jour et à quelle heure le peuple n'est-il pas fasciné par les amours miraculeuses ou contrariées des rois et des reines, des présidents et des stars qui incarnent, cristallisent tous ses fantasmes ? La beauté stupéfiante de Cécilia, la force, le courage de Nicolas, leur marche de la mairie de Neuilly au perron de l'Élysée entourés d'enfants blonds a fait rêver. L'amour, ce désastre annoncé, intéresse tout le monde, il n'y a même que cela qui passionne les foules. L'amour, désastre ou pas.

Quelle bande de tocards quand même, tous ces sociologues, sexologues, spécialistes de l'éjaculation précoce et autres joyeusetés, pédopsychiatres barbus qui pensent pour nous et décident de ce qui nous intéresse ou pas. « La grève des cheminots, c'est bien plus important ! » s'exclament les belles âmes du politiquement correct. Non, ce n'est pas plus important que l'amour. Sur le quai des gares où ils piétinent depuis deux jours, des centaines de milliers d'hommes et de femmes n'attendent pas un improbable train, mais l'amour qui pourrait passer par là.

Patrick Poivre d'Arvor le sait mieux que quiconque, ce n'est pas par hasard si son journal est le plus regardé de France. Hier il a annoncé en titre de une d'abord « la grève sur laquelle nous reviendrons longuement » et « le divorce maintenant officiel du président de la République ». Place donc à l'amour. Poivre d'Arvor, qui connaît bien l'âme humaine, n'a pas hésité une seconde, honneur à Cécilia et au Président d'abord, les syndicalistes pouvaient attendre dix minutes, leur tour viendrait et il est venu. Des grèves de cheminots, de routiers, de postiers, nous aurons la joie d'en connaître de plus belles encore, mais un divorce à l'Élysée, le film est en version originale, copie unique, on ne nous le jouera pas deux fois.

Quinze heures trente. Didier, qui adore rentrer et sortir dix-huit fois par jour, me prépare chaque après-midi un goûter léger, des fruits, des crèmes vanille, des crêpes, cela l'occupe et me sauve. Sans lui dans les parages, je ne ferais aucun effort, préférant rester à mon bureau à écrire en regardant croiser les péniches. Quelques-unes sont fleuries, du linge pendu sur le pont, et aux fenêtres derrière des rideaux à carreaux rouges et blancs, l'on suppose un bonheur apaisé.

*Paris, 20 octobre*

Une femme de trente-cinq ans, bien de sa personne, vient d'avouer que les six cadavres de nouveau-nés trouvés dans sa cave par son dernier compagnon sont ses enfants et qu'elle les a étranglés à leur naissance, elle a même expliqué le mode d'emploi. Effarant, affreux, dira-t-on. Pas du tout, le psychiatre de service nous fait savoir ce matin par voie de presse que « les mères infanticides ne sont pas des monstres ». Abrutis comme nous le sommes, nous aurions pu le penser, eh bien non. D'ailleurs, on l'adorait dans son quartier.

Comment va-t-il tenir sans elle, je me pose la question en le voyant à Lisbonne tendu, triste. Il peut tenir, il a pris tant de coups que la carapace est blindée ; il peut aussi, non pas sombrer mais lâcher, les envoyer se faire foutre et la France avec. Elle, on le sait maintenant, n'est pas la femme arriviste que l'on a décrite, lui ne ressemble pas aux portraits hystériques qu'il a inspirés. Un homme, une femme, chabadabada. Va-t-il tenir ?

« D'abord on se replie sur ses amis de dix ans, puis sur ses amis de vingt ans, puis sur ceux de trente, enfin sur ceux qui sont sincères et à la fin on se retrouve tout seul. »

Cette terrible lucidité n'est pas de n'importe qui, elle nous ravage, nous qui n'avons aucune illusion sur ce qui nous attend.

*Morterolles, 23 octobre*

Greenpeace nous demande d'éteindre les lumières de nos maisons ce soir cinq minutes avant vingt heures. On se fout du monde dans les grandes largeurs : je vais allumer les trente-cinq réverbères du parc et toutes les pièces. J'ai appris dès l'enfance qu'on ferme les portes et qu'on éteint la lumière quand on sort. Chez moi, on n'était pas riches mais heureux, on faisait attention, on ne jetait pas de papiers dans la rue. La vie était simple, Greenpeace n'existait pas.

Sous mes fenêtres de l'île Saint-Louis, une douzaine d'adolescents se baignent. La photo carte postale que vient de m'offrir Serge T. me laisse rêveur et triste. Le bonheur de ces adolescents s'éclaboussant de l'eau de la Seine ne date pas d'hier, hélas, ces jours heureux sont de 1937. Bertrand n'était pas né, c'était

Paris Plage avant lui et ça ne coûtait rien. Je vais lui envoyer cette photo qu'il pourra faire agrandir et offrir à ses adjoints écolos. Il n'y avait pas d'écolos en 1937, enfin je ne crois pas.

Soleil glacial d'automne. Promenade de trois quarts d'heure avec Serge dans le parc où les jardiniers s'affairent autour du square Bardot. Nous sommes allés visiter les chevaux et les ânes, les arbres virent au rouge, les dahlias du petit jardin de la maison de Vincent n'ont pas résisté au gel de la nuit dernière.

Avec Christiane, nous avons procédé à la cérémonie des armoires que nous avons rangées à l'heure d'hiver, les pantalons de toile et les polos ont laissé leur place aux velours, cachemires, écharpes, chaussettes en laine. Paré sous mon caban rouge, je n'ai pas eu froid.

Jean-Christophe qui s'inquiète toujours de savoir si je prends des nouvelles de mes amis, si je leur donne des miennes, me reproche de ne pas ouvrir certaines lettres. Il comprend qu'elles me fassent peur mais il ne se résout pas à me voir me refermer sur moi sans autre désir que la paix du corps et de l'âme.

Où écrire à Cécilia maintenant ? L'Élysée fera suivre, probablement, mais comment en être sûr ? Peut-être me fera-t-elle un signe ? J'ai des dizaines de mots affectueux de sa main, même durant la tourmente que j'ignorais, évidemment.

*Morterolles, 24 octobre*

Il n'y a plus de gouvernement en Belgique depuis six mois mais le chocolat à la violette que m'envoie mon amie Annie est toujours aussi savoureux. Autant leurs chocolats dégoulinant de crème sont immangeables, autant ces carrés à la violette inventés pour la reine Astrid sont un miracle.

Des eaux de toilette, des crèmes de beauté, des gâteaux secs, des bougies à l'orange : quand elle prépare ses colis, elle ne choisit pas dans les rayons d'un supermarché. J'ai beau lui interdire de se ruiner pour moi qui ne suis ni son fils ni son amant, on ne peut rien contre la volonté des femmes. Annie n'est pas pauvre, je l'ai connue dans une de ces croisières où j'ai chanté souvent et depuis elle me couvre de cadeaux, ce qui fait que je passe beaucoup de temps à la remercier.

Ciel de neige qui annonce les premiers flocons sur le Massif central. Les peupliers d'Italie n'ont plus de feuilles. Je suis allé seul jusqu'au village voisin dont la moitié m'appartenait il n'y a pas si longtemps. Mes belles clôtures se déglinguent, l'herbe et les ronces envahissent ce qui fut l'allée Mitterrand bordée de sapins et de chênes, les granges centenaires sont habitées, mais tout est fermé, volets clos. J'ai préféré ne pas m'attarder là où nous avons laissé des traces, Stéphane et moi. Il y a une jolie photo de nous deux un jour d'été sous le noyer géant près du puits. Qui l'a prise ? Quand ?

*Morterolles, 25 octobre*

Serge T. m'explique qu'il doit être à Paris lundi car l'employé du gaz passe relever les compteurs. Il en fait toute une affaire comme si c'était une question de vie ou de mort. La vraie raison de son départ précipité : c'est bientôt la Toussaint, j'avais oublié ce détail qui pour lui est une fête. Il va courir deux jours du Père-Lachaise au cimetière de Montparnasse, de Montmartre à Bagneux, nettoyer les tombes oubliées, photographier celles bien entretenues, rencontrer des parents ou des admirateurs du défunt, bavarder un peu.

Il a beau m'aimer beaucoup, je ne peux pas le priver de ce plaisir innocent.

*Morterolles, 26 octobre*

Je remettrai à mon poignet gauche la gourmette de Stéphane que j'ai dû retirer un jour d'avril dernier, je la remettrai un matin où les choses de ma vie prendront de belles couleurs. La chevalière dorée à l'or fin que ma grand-mère m'avait offerte pour mon certificat d'études, je devrai la porter chez un bijoutier pour qu'il la reforme à ma taille. J'imagine la tête d'un adolescent d'aujourd'hui recevant une bague en cadeau pour avoir bien travaillé en classe alors qu'il a déjà trois téléphones portables et une dizaine de jeux vidéo. Il leur faudra bientôt des flingues et des gilets pare-balles, comme dans la vraie vie.

J'écris cela dans la plus totale indifférence. Ce que l'on pourrait prendre pour de l'humour réactionnaire n'est, en réalité, que du mépris pour ce monde à venir, ce monde que je regarde, impuissant, alors qu'il brûle déjà et moi avec.

*Morterolles, 27 octobre*

Nous étions allés hier après-midi, Serge et moi, au cimetière de Saint-Pardoux, magnifique sous un flamboyant soleil d'hiver. Il y avait bien longtemps que l'envie de revenir là-bas ne m'avait pas prise, il faut avoir l'âme un peu apaisée pour oser cette promenade. Serge en avait très envie. J'ai posé les casquettes de mon père et de Stéphane sur la pierre et nous avons été faire le tour du village, toujours impeccable. Ce fut un moment paisible. J'ai donné rendez-vous aujourd'hui à mon beau-frère, Francis, et à ma sœur, Jacqueline, pour fleurir la tombe qui ne l'était pas assez, juste une petite vasque de pensées voulue par ma mère à laquelle nous n'avons pas touché, mais ils avaient acheté pour moi une dizaine de chrysanthèmes jaunes et bordeaux que nous avons disposés joliment sur la pierre. La Toussaint, dernier rite qui garde de son mystère et de sa noblesse. Déjà hier, on voyait s'affairer peintres, jardiniers, fleuristes ici et là. Jeudi prochain le cimetière explosera de couleurs, chaque famille aura voulu que ses morts soient honorés aussi bien que ceux de la famille voisine. La Toussaint est la fête de la France éternelle, elle résiste au monde de brutes qui ont déjà transformé le 25 et le 31 décembre en lupanars sur écran plat, pompe à fric, à sexe, au nom du Père, du Fils et de sa copine.

*Morterolles, 29 octobre*

Un de mes jeunes amis dont la présence parcourt ce journal depuis le tome 2, et que j'ai connu coiffeur pour dames et danseur de tango le week-end, est maintenant psychologue. Il trouve que c'est un métier plaisant, qu'on y rencontre des gens plus malheureux que soi, ce qui est très réconfortant, et que ça rapporte beaucoup plus d'argent que les permanentes. Je le craignais, j'en suis sûr maintenant, on peut s'installer psychologue – il suffit de n'être pas trop bête. Le jeune homme ne l'est pas, et voilà comment on vit tranquille à Lausanne, l'une des plus jolies villes de Suisse, en expliquant à des bonnes gens que tout ça n'est pas grave, que leur vie s'arrangera demain s'ils font du vélo et mangent bio, par exemple... Les psychologues ont plus d'un tour dans leur sac, nous pouvons leur faire confiance.

Seul. Je n'ai pas voulu que Serge revienne si vite, je ne veux pas le priver de ces plaisirs parisiens auxquels il tient tant, à son voisinage, à son ami Pierre, à la marchande de crêpes du boulevard Bonne-Nouvelle, au petit bar sur le boulevard Sébastopol où il passe chaque après-midi lire les journaux, son courrier, montrer aux patrons de l'établissement ses nouveaux collages.

Quand il est là, sa présence forte et légère à la fois m'aide à tenir dans les heures les plus difficiles.

Mais je veux, je dois aussi rester seul.

*Morterolles, 2 novembre*

C'est peut-être Serge qui a fait l'une des dernières belles photos de Nicolas S. et Cécilia, c'était chez moi quai d'Orléans l'hiver dernier. À la fin de la soirée, juste au moment de se quitter, embrassades et remerciements, Serge T., n'y tenant plus, a osé, il a osé sortir son petit appareil photo et demander au ministre de l'Intérieur et à sa femme de sourire pour lui. Ils se sont prêtés sans manière, sourires éclatants, au désir du bon Serge. J'ai la photo près de moi, l'instant est gravé dans mon souvenir, leur apparent bonheur ne tient pas à l'euphorie d'après dîner : ils ne boivent que de l'eau. Cécilia porte une robe en tricot anthracite et un long foulard négligemment enroulé autour du cou, Nicolas une veste en velours noir très sport et une chemise à carreaux rouges et blancs.

Soir d'intimité saisi au vol par Serge décidément inspiré. De cette photo, il ne fera pas marchandage. S'il se trouve qu'elle soit publiée un jour, ce ne sera pas pour l'appât du gain, Serge ne veut rien que saisir nos sourires juste avant qu'ils ne tombent à l'eau.

Ma mère vient de séjourner trois semaines chez Jacqueline, dans un village à quelques kilomètres d'ici et, comme prévu, elle est remise de tous ses maux, elle a marché, tricoté, joué avec son arrière-petit-fils. Ce matin, Jacqueline a dû l'emmener à Limoges car elle voulait acheter de la laine et du tissu pour se faire une robe. Elle aura quatre-vingt-neuf ans en janvier.

*Morterolles, 3 novembre*

Il y a des villages en France, du côté de la Dordogne, de la Corrèze, plus bas aussi, qui sont tenus ; on n'y autorise pas les « bagnoles » à se garer sur les trottoirs avec l'accord de la mairie, les habitants sont invités à balayer devant leurs portes. Je suis fou de jalousie lorsque je traverse ces endroits en harmonie où les toits se répondent à quelques nuances, où les portes des églises sont restaurées, le monument aux morts respecté. À Morterolles, on se gare où l'on veut, on peint ses volets et ses grilles de jardin sans se soucier de l'église du douzième siècle censée être une gloire.

On me reprochera de médire, mais non, j'ai assez enjolivé ce lopin de terre de France pour avoir quelques droits aujourd'hui de me désoler de son abandon.

De mon côté, j'ai fait au mieux. Combien de milliers d'arbres plantés, de chemins retrouvés, de sous-bois dégagés de cent ans de ronces ?

Les trois quarts du réseau EDF et téléphone est enterré depuis quinze ans et je ne suis pas pour rien dans ce privilège insigne accordé à Morterolles. J'ai participé financièrement à l'enlèvement de pylônes en béton, j'ai planté devant la maison, sur une parcelle communale, pour que chacun en profite, trois sapins géants. De tout cela, on ne me saura aucun gré. La femme du Duc et quelques voisins se chargent de me défendre quand les commères jacassent. Je les connais ceux-là, ils sont trois ou quatre, pour le reste Morterolles est un parking. Je caricature, mais il y a de ça. Chaque année, nous perdons un peu de ce qui m'avait plu, le charme éternel de la France d'avant.

Le maire va, me dit-on, se représenter pour la sixième fois, c'est un homme de bonne mentalité, il n'aura pas d'adversaire. En Haute-Vienne, il suffit d'être socialiste pour être élu avec des scores de maréchal soviétique. On se demande ce qu'ils ont fait de tellement exceptionnel, les socialistes du cru, pour triompher de rien ou presque ? Ils auraient évidemment moins de succès dans le VII$^{e}$ ou le XVI$^{e}$ arrondissement de Paris.

Partant d'une rêverie sur les bords de la Dordogne ou du Lot, là où débarquent les Anglais qui ont une certaine idée de la France, la vraie, la belle – pas fous les Anglais... partant d'une rêverie, je me retrouve jeune homme, le nez en l'air, admirant les beaux immeubles et les balcons en fer forgé du côté des Invalides, ce quartier de militaires et de ministères où je rêvais d'habiter quand je serais grand et riche, là où il n'y aura jamais de parkings ni de logements sociaux.

*Morterolles, 4 novembre*

« Je suis démocrate, hélas. La démocratie est le meilleur des systèmes mais il repose quand même sur un mécanisme suffocant : le suffrage du plus grand nombre. Que ce quantitatif-là fasse le saut qualitatif, ça, intellectuellement et moralement, jamais je ne pourrai l'admettre d'un cœur léger. Jamais. C'est l'arbitraire du monde, mais au fond, même là-dessus, je ne suis antidémocrate que parce qu'il faut bien dire du mal de son époque. Comme tout le monde, j'oscille entre le scrogneugneu et la démocratie. »

Pourquoi Pierre Michon, dont les entretiens littéraires contiennent des pages de haute tenue, aura-t-il le droit de dézinguer, même habilement, la démocratie et pas nous, pas moi à qui on demanderait aussitôt des comptes ? Sa démonstration imparable me va, je l'ai faite cent fois avec passion. Les nez se tordaient, au mieux on raillait mon goût de la provocation. Je connais le refrain.

*Morterolles, 5 novembre*

Presque une heure à nous promener lentement sous ce soleil d'automne irremplaçable en toute autre saison. Avec moi, Didier et Jean-Christophe, rappliqué de Paris la nuit dernière juste pour m'embrasser et m'interdire d'être triste. J'ai fait mon possible pour ne pas le décevoir. Depuis l'enfance il m'aime éperdument : vivant, joyeux, coléreux, tendre. Pas facile en ce moment de faire semblant et, d'ailleurs, je ne sais pas. Je peux donner le change quelques instants mais mon regard me trahit, celui qui vient du fond de moi, là où toute ma vie j'ai puisé l'énergie que l'on me reconnaît volontiers, l'énergie et le courage, disons la force, d'affronter ce que la vie m'a donné et repris. Mais je ne suis pas un surhomme, je ne vois pas comment dépasser les limites de ma résistance aux coups qui me tombent dessus sans répit depuis des années.

Seize heures. Message de Nicolas S. me demandant de le rappeler. Il n'a que ça à faire en ce moment, prendre de mes nouvelles, entre une virée au Tchad, une matinée en Bretagne face à des marins-pêcheurs très en colère et une visite d'État à Washington. Passons sur les rendez-vous de toutes sortes à l'Élysée et un discours pour le deux centième anniversaire de la Cour des Comptes et on aura compris que cela me gêne et me bouleverse qu'il trouve encore une minute pour penser à un ami un peu triste.

Et l'on se demande pourquoi cet homme-là, menant les affaires de la France au pas de charge, a tant d'amis, pourquoi il a fidélisé des troupes aussi dévouées.

Je le rappellerai évidemment, mais quoi lui dire ? Je ne sais pas mentir, de toute façon il comprend sans avoir besoin qu'on lui fasse un dessin.

*Morterolles, 7 novembre*

« Aujourd'hui j'aperçois qu'il faut apprendre à être seul, de même qu'il faut apprendre comme une langue étrangère la mort des êtres chers. » Tout à fait mon sentiment, mon état d'esprit et pas seulement depuis ces mois si difficiles que j'avale de travers mais que j'avale. Dans *Haute Solitude* de Léon-Paul Fargue, on tombe en picorant sur des pensées qui sont les nôtres.

J'avais oublié de noter en début de semaine que Gilles Leroy, qui vient de recevoir le prix Goncourt, fut avant d'être un monsieur à cheveux blancs un jeune homme brun délicieux de courtoisie et de culture. C'était il y a vingt-cinq ans à la tour Montparnasse, il était attaché de presse chez TF1 où je débutais moi-même comme producteur.

Je vais lui écrire un mot gentil en souvenir du temps joyeux dans nos bureaux pleins d'amiante et de chansons.

On voit bien ce que les gens veulent dire lorsqu'ils se proclament « fiers d'être français » mais c'est fatigant. Ça agaçait passablement Paul Léautaud qui demandait justement pourquoi être fier là où l'on n'a aucun mérite. Heureux d'être français, là oui, nous avons de quoi être heureux, et pourtant la plupart de ceux qui sont bêtement fiers d'être français ne sont contents de rien. S'ils regardaient au-delà de leur nombril le désastre, l'horreur, la faim, la guerre dans la moitié du monde, ils seraient heureux d'être français, d'avoir cette chance, et non pas fiers et ridicules.

*Morterolles, 8 novembre*

Bersac-sur-Rivalier. Déjà le nom chante, il sent bon la France éternelle. C'est un village à une quinzaine de kilomètres d'ici, dans la Creuse où l'on respire le bonheur tranquille, on pense au Barbezieux de Chardonne, « où l'on était heureux autant qu'il est possible de l'être ».

Ma sœur Jacqueline a une amie coiffeuse sur la place du village, face au monument aux morts où s'affairent les jardiniers communaux en vue des cérémonies du 11. La place est dessinée simplement, bordée de petits commerces, de maisonnettes avec une porte, deux fenêtres, une cheminée et des rideaux en dentelle.

Que n'ai-je choisi d'habiter là-bas ?

*Morterolles, 10 novembre*

J'entends des voix venues du fond de la nuit, des déclamations de théâtre. Dans sa chambre, à genoux au pied de son lit, Serge T. fait tourner sur un vieux phono des enregistrements de Sarah Bernhardt et de Louis-Ferdinand Céline.

« L'église manque de prêtres », titre un journal du matin : face à la crise de la vocation, ce seront des laïcs qui diront les messes de mariage et d'enterrement, et l'on suppose que Michel Charasse fera le bedeau. « Dieu n'est pas conservateur », déclare un de ces nouveaux prêtres. Comment le sait-il ?

*Morterolles, 11 novembre*

Dix-huit heures. Sans nous donner rendez-vous, nous nous sommes retrouvés au cimetière avec Jacqueline et Francis, empressés à tenir l'endroit impeccable. Les lieux décrits cent fois dans ce journal s'y prêtent. J'avais proposé à Serge T. cette promenade à Saint-Pardoux en fin d'après-midi, pour nous distraire de ce sinistre dimanche. Pourvu que je sois partant, Serge est disponible, c'est oui, toujours. Nous avons marché au bord de l'étang de Saint-Pardoux où les sous-bois flamboient comme jamais, un froid d'automne sec a maquillé nos joues en rouge pomme.

*Morterolles, 13 novembre*

Cent fois par jour, en boucle sur toutes les chaînes de télévision et de radio, nous avons droit à des bulletins météo, le sujet préféré des Français. Jusqu'à la nausée, on voit des hommes et des femmes minauder en s'excusant parce que demain il fera froid presque partout, ce qui est scandaleux en hiver, et que la palme reviendra à Aurillac. S'il est une ville qui a la certitude d'être citée trois cent soixante-cinq jours sur trois cent soixante-cinq, c'est bien Aurillac. Y compris durant la canicule de 2003, c'est à Aurillac qu'il faisait le meilleur. L'office de tourisme de cette jolie ville du Cantal, département déjà admirable en soi, devrait exploiter la publicité gratuite que lui offre la météo. Je pense aux milliers de villes jamais nommées nulle part et à leurs habitants et leurs élus suspendus aux lèvres des bonimenteurs, espérant un miracle. Non, c'est Aurillac encore et toujours Aurillac. J'ai beau tendre l'oreille, Morterolles ne figure pas dans leurs prévisions. C'est injuste.

*Morterolles, 16 novembre*

Grève des cheminots depuis trois jours. Depuis trois jours, même cirque des syndicalistes barbus, même galère pour les bonnes gens qui, eux, veulent et doivent aller travailler. Si Sarkozy cède, il est cuit, son autorité mise en cause, mais il ne cédera pas et ce sera bien la première fois qu'un gouvernement ne se couche pas devant la rue. La démocratie ce sont les urnes. Le plus beau de l'affaire – les radios nous le serinent –, aujourd'hui comme hier il n'y aura pas de trains pour ceux qui veulent travailler, en revanche ceux qui souhaitent aller au Stade de France assister au match n'auront aucun problème, pour eux il y aura autant de trains qu'il faudra. Merveilleux vraiment, les leaders syndicalistes intransigeants ont brusquement une faiblesse quand il s'agit de football.

Il s'agit de ne pas fâcher les foules, on ne touche pas au foot, c'est sacré, un régime spécial, un privilège indispensable.

Comment les prendre au sérieux, ces matamores qui proclament la révolution mais pensent qu'elle peut attendre la fin du match !

Ce monde où les étudiants (le mot fait sourire) nous expliquent qu'ils n'ont de leçons à recevoir de personne (un comble), je n'en peux plus de le voir vociférer à la télévision quand tant de gens couchent dehors.

*Morterolles, 17 novembre*

Je ne peux décidément pas bougonner sur le temps qu'il fait. Soleil splendide, moins neuf au réveil, me disent mes jardiniers. Vu de la fenêtre de ma chambre, à travers les branches encore dorées du tilleul, j'aperçois l'étang presque gelé et, au-dessus dans le pré qui le longe, mes ânes cahin-caha qui vont à l'abreuvoir. Il a fallu casser la glace.

Dans l'après-midi, je vais m'emmitoufler et m'en aller faire un tour au cimetière. J'ai peur que les grands froids matinaux n'aient ravagé les magnifiques brassées de chrysanthèmes que nous avons déposées en début de semaine, Francis et moi, sans nous faire trop d'illusions.

L'alliance. On ne voit qu'elle, elle fait la une du *Figaro Magazine.* Le Président resserre son nœud de cravate, son regard est perdu, on ne sait pas s'il va se fâcher ou laisser tomber la « bande d'imbéciles » qui prétend lui faire la leçon.

Il y a la montre assez peu discrète, mais on ne remarque d'abord que l'alliance. Évidemment l'alliance. Il ne l'a pas enlevée et veut que cela se sache. Cette photo n'a pas été choisie au hasard, en la publiant les patrons du *Figaro* savaient que Nicolas S. ne serait pas mécontent d'afficher ainsi sa fidélité inaliénable à une femme envolée. Sarko la racaille est un petit garçon triste, un homme d'État debout.

*Morterolles, 19 novembre*

Le vent qui retourne les parapluies et nous pousse là où l'on ne veut pas aller, je le déteste. Le vent est ma seule excuse valable pour ne pas sortir de la maison une heure l'après-midi, une demi-heure la nuit après dîner, comme je m'y oblige chaque jour afin de ne pas rouiller sur le fauteuil du salon, comme aujourd'hui près du feu, à regarder la télévision où j'ai bien du mal certains soirs à trouver du beau, de l'original. Si, par chance, le débat de *C dans l'air*, l'émission d'Yves Calvi, m'intéresse, ce qui est souvent le cas, ma soirée est moins longue, moins triste.

Serge est toujours à Paris, transi de froid, il descend quand même boulevard Bonne-Nouvelle fouiner dans les échoppes et engloutir deux, trois crêpes pleines de confiture que lui prépare sa copine Maryvonne qui en fait commerce devant le cinéma Rex depuis vingt ans.

Si j'ai bien compris, mon bon Serge doit signer des collages agrandis sous forme de tableaux, au cours de plusieurs soirées très parisiennes, l'argent des ventes étant versé à une association de lutte contre le sida. Tout cela l'émoustille on s'en doute, et qu'il vente ou grêle, que la RATP soit en grève ou non, il sera là, empanaché d'une casquette rose à carreaux bleus, sur les épaules une des capes en tweed qu'il a ramenées de Morterolles.

*Morterolles, 21 novembre*

Une dame inconnue de moi, désolée de ne pas obtenir de réponse après avoir sonné au portail à plusieurs reprises hier mardi après-midi sous des trombes d'eau... Je me demandais qui pouvait bien avoir le courage et le culot de sonner chez moi. De toute façon, je n'ouvre jamais. La dame, pas si bête, a fini par repérer la maison de la femme du Duc à la description que j'en fais dans mes livres, et s'en est allée lui remettre à mon intention une azalée et un livre illustré de photos sur les deux cent soixante communes de la Creuse. Par chance, la femme du Duc était chez elle. Je viens de feuilleter, non, de regarder lentement et avec un pincement au cœur les images de cette France-là qui commença de mourir dès ma petite enfance : trois ou quatre photos ou cartes postales selon l'importance du village, de son histoire, de sa situation géographique illustrent ce beau livre, probablement édité aux frais du Conseil régional. L'essentiel des photos date du début du siècle dernier, les fontaines, les églises, les monuments aux morts, les écoles, la mairie sont en harmonie, des pierres solides comme inscrites dans la terre, les toitures, le fer forgé des clôtures, tout cela respire le goût du travail bien fait, la fierté des artisans. Et puis, par dérision ou pour faire honte aux maires des communes concernées, ils ont publié des photos prises cette année 2007. Ils n'auraient pas eu besoin de les dater. Un écœurement, tout est faux, au rabais, en ciment et en plastique, les salles des fêtes ressemblent à des garages, les écoles à des baraquements peinturlurés de jaune et de bleu.

Enfin ! Qui me lit et voyage un peu en France sait de quoi je parle ; de la laideur à nos frais, décidée à nos frais par des conseillers municipaux qui ne risquent même pas la prison avec sursis.

*Morterolles, 22 novembre*

À chaque fois que l'on tombe sur une connerie solennelle, elle est signée Jacques Lacan. Annick Geille, qui publie *Un amour de Sagan*, récit littéraire et amoureux, a choisi pour commencer, dès la première page, ceci qui vaut son pesant de ridicule : « Les sentiments sont toujours réciproques. » Je présente à tous les malheureux qui l'ont cru ou le croiront mes condoléances émues.

Cela dit, le livre d'Annick Geille vaut son pesant de nostalgie. C'est un portrait sans retouche de Sagan telle que la légende nous la garde.

*Morterolles, 23 novembre*

Jacques Chirac convoqué comme le dernier des pékins par un juge qui vient de le mettre en examen pour avoir fait payer un chauffeur à monsieur Marc Blondel, tonitruant syndicaliste, et à quelques

Corréziens méritants. Depuis le temps qu'ils en rêvaient, ces petits juges hargneux comme des roquets, c'est fait. Ça va durer jusqu'à la saint glinglin pour amuser la galerie. L'ex-président aura autour de quatre-vingts ans et il sera condamné à dix ans d'inéligibilité.

La justice s'amuse comme elle peut.

*Morterolles, 25 novembre*

Bertrand et les tours, voilà qu'il remet ça. *Le Figaro* publie ce matin la photo des maquettes des projets en cours, c'est à hurler devant tant d'horreurs prétentieuses. Entendre Jean Nouvel s'écrier : « Il est temps d'embellir Paris », nous donne envie de fuir, il nous menace. Je viens d'écrire à Monsieur le Maire de Paris, mon cher Bertrand, que j'espérais un triomphe des candidats verts aux élections municipales qui l'empêcheraient de mener à bien son idée folle. « Un grand geste architectural », dit-il. Mais peut-être mon cher Bertrand veut-il laisser à la capitale l'empreinte de quelques tas de bétons et de fer immondes comme avant lui Pompidou et Mitterrand.

On finira par regretter Giscard.

*Morterolles, 27 novembre*

« Fête menteuse des villes, mais menteuse seulement le lendemain, comme toutes les fêtes, il n'y a qu'une vérité celle du soir même. »

En lisant cela que Paul Morand a si bien dit, j'ai pensé à Nicolas et Cécilia, il y a un an ce soir, côte à côte dans mon salon de l'île Saint-Louis où le bonheur paraissait une évidence.

« Le bonheur, un truc de bonne », marmonnait Sagan qui pesait ses mots si bien qu'on se sentait toujours un peu bête devant elle. Dans ce beau récit infiniment triste d'Annick Geille, on pourrait trouver beaucoup de raisons de se suicider et notamment la fête dont parle Morand et qu'elle cite. On se demande comment cette même femme que j'ai connue le jour où j'ai reçu le prix Roger-Nimier l'été 1979 (et où j'ai publié mes premiers longs papiers), on se demande comment la même femme ne fait pas la nuance entre l'idiotie de Lacan, « tous les sentiments sont réciproques », et la pensée lumineuse de Morand ?

Il y a un an quai d'Orléans, nous nous aimions, ils s'aimaient. La vérité d'un soir ?

*Morterolles, 30 novembre*

Ma mère me dit qu'elle a passé une bonne après-midi à feuilleter ses albums de photos.

– Quand vous étiez petits avec tes sœurs dans le jardin, on voit Jacqueline sur la balançoire et toi comme d'habitude qui fais le clown, penché sur la rambarde de la cave, et papa serviette autour du cou, bien attablé...

Ce devait être un jour d'été à la fin des années cinquante, nous déjeunions sous la tonnelle le dimanche, cela se passait en banlieue, un cerisier, une balançoire, de la vigne et des rosiers.

Comment ma mère peut-elle supporter ces images si douces et les chagrins qui vont avec ?

On meurt un peu sous les papiers, les souvenirs et les photos. À un moment donné, cela ne sert plus à rien. Les photos vous font mal, on ne peut plus écouter les disques et on n'a plus le temps de relire les livres. Il faut faire de la place. Je ne vis pas dans le passé, même si je suis l'homme de mon enfance. Je n'ai que la religion de l'instant. L'avenir m'effraie, il n'y a rien de pire. C'est une menace et l'on sait pourquoi. Quant au passé, il peut devenir une prison. Je n'aime pas ressasser ce qui n'existe plus, ce que nous avons été. Il y a des moments où il faut rompre, tout jeter. Rien ne me met de meilleure humeur, ne me donne autant d'énergie et d'enthousiasme que l'idée d'ouvrir des tiroirs et des greniers pour les vider. Je me suis débarrassé, par exemple, de mes vingt mille vinyles. Ensuite, il faut garder l'essentiel.

*Morterolles, 1^er décembre*

Parler pour dire quoi ? « Il faudrait qu'on se parle », cette proposition me tue, d'avance je la refuse. Je sais trop où mènent ce genre de palabres auxquelles adorent se livrer les gens qui n'ont rien à faire et généralement rien à dire. J'ai toujours un mouvement de recul quand je vois se poster devant moi un ami, un voisin, un collaborateur, quelqu'un de ma famille. Petit garçon, lorsque ma mère disait : « Jean-Claude, il faut que je te parle », je ne pressentais rien de bon. De là peut-être vient mon refus des « explications », des mises au point et, pourquoi pas, des interrogatoires.

Je n'ai pas envie de répondre ni même d'écouter ce que ces gens-là qui croient me tenir ont à me dire. Je m'en moque. S'ils m'aiment, ils n'ont pas besoin d'en faire un discours, s'ils ne m'aiment pas, s'ils sont fâchés, qu'ils aillent se faire foutre. Ils peuvent toujours me demander des comptes, je ne les leur rendrai pas. Le bavardage me fait horreur, il est pourtant le réflexe hystérique de la moitié de la planète, ça fait du monde. Ce monde brutal qui nous saute aux yeux chaque soir à la télévision, un film catastrophe permanent. Il va aussi, l'oreille collée à des téléphones portables, pour quémander des mots d'amour.

Parler pour dire quoi ? Il n'est pas question de s'épancher, d'avouer que nous allons mal, d'abord parce que nos « amis » ou autres n'y peuvent rien et que la plupart du temps, ayant assez de problèmes eux-mêmes, ils s'en moquent. Et dire que nous allons bien serait nous vanter. Autant nous taire. Et d'ailleurs, qui pour nous écouter vraiment ? Certainement pas les pleureuses. Alors qui ? Personne.

« Votre effrayante lucidité », me disait il y a longtemps un garçon qui m'aimait et jurait de m'aimer toujours. Je ne lui en demandais pas tant. Heureusement pour moi. Il a épousé une Chinoise aussi méchante que lui.

*Morterolles, 3 décembre*

Un fax de Paucard : « Je suis contre la grève dans les services publics, donc je suis de droite. Je suis contre la privatisation du service public, donc je suis de gauche. »

Tout Paucard est là. Et moi dans tout ça ? Je suis contre les glandeurs du service public ou privé. Le service public, c'est d'abord et avant tout la santé, la police et l'éducation. Ceux-là doivent être protégés, les deux premiers surtout. Les gens de l'Éducation nationale se plaignent tellement qu'on finit par ne plus les entendre même quand ils ont raison.

*Morterolles, 4 décembre*

Johnny Hallyday annonce ses adieux à la scène pour 2009. C'est dimanche soir, face à Claire Chazal, qu'il a fait l'aveu de sa lassitude, « par respect pour le public, je ne veux pas qu'il voie un vieux rockeur ».

Comme avant lui Maurice Chevalier, Trenet, les Compagnons de la Chanson, Barbara, Johnny est sincère, comme pour eux ses adieux n'en finiront pas ; dix fois il justifiera son retour, on ne quitte pas impunément la scène. Peu d'exemples. Bardot, oui Bardot et puis ?... Johnny récuse d'ailleurs le mot adieux, trop triste, il a raison mais c'est très efficace pour faire flamber les tiroirs-caisses des réservations. « Et si c'était vrai, et s'il n'allait plus donner de spectacle, nous aurons vu le dernier show. » Les admirateurs du chanteur, et il y en a beaucoup, se disent cela et l'idole jouera à guichets fermés.

Johnny ne s'arrêtera pas, pas plus qu'Aznavour il ne se résoudra à un tel déchirement. Aura-t-il la santé de fer de son célèbre aîné ? Nous le lui souhaitons. Il continuera à se trouver de bonnes raisons de reprendre du service. *M'arrêter là* s'intitule cette dernière tournée. Sait-on jamais où l'on s'arrête ?

*Morterolles, 6 décembre*

« Tu sais que tu peux compter sur moi, si tu as besoin de quelque chose, je suis là, j'arrive. »

Se méfier des gens qui vous proposent leurs services le cœur en bandoulière, disposés à faire don de leur personne à qui ne leur demande rien. Ceux-là ne sont jamais là quand il faut et il est recommandé de n'avoir pas besoin d'eux. Il est recommandé d'ailleurs quand c'est possible de n'avoir besoin de personne, mais surtout pas d'eux qui, « manque de chance ce jour-là justement » doivent « garder le gosse qui a la rougeole » ou « se rendre d'urgence au chevet de leur grand-tante mourante ».

Dans l'épreuve, le chagrin, la maladie, on est seul, il faut en tout cas s'y préparer. Si, par extraordinaire, une sœur, une mère, un voisin, un passant de notre vie des jours heureux, si celle ou celui qu'on n'attendait pas est là au bon moment, alors oui, c'est un miracle. J'ai cette chance. Il n'empêche qu'il ne faut compter que sur soi, et laisser les beaux parleurs s'écouter parler.

Le journal 2004 de Renaud Camus vient de paraître, c'est toujours un cadeau pour moi. L'idée de me plonger dans l'univers de l'écrivain « sulfureux », disent-ils, mais tendre, m'enchante. *Corée l'absente*, encore un titre impossible. Il le fait exprès, il doit chercher ce qui pourrait bien dissuader d'éventuels lecteurs et, de son propre aveu, y réussit très bien. Corée ? Est-ce le prénom d'une masseuse de sex-shop, une danseuse asiatique, un pays ? Dans les trois cas, je sais que je ne lirai pas ces pages, d'autant qu'il s'agit probablement de la relation d'un voyage (si j'ai compris la quatrième de couverture) et que la Corée, ses temples, ses musées, sa culture, sa cuisine m'intéressent à peu près autant que la vie du chat d'André Malraux, le programme électoral de José Bové ou les mensurations de Miss France...

Je prends ces exemples idiots qui me passent par la tête pour que l'on comprenne bien que les interminables descriptions architecturales, historiques que nous inflige le cher Renaud au moindre de ses déplacements m'ennuient au-delà de tout. Passe encore s'il s'agit de l'Auvergne, sa terre natale, où je suis en pays de connaissance, mais la Corée, non merci. Je lirai en diagonale ce qui ne relève pas du guide touristique, mais je suis certain de trouver sur sept cents pages de quoi me réjouir, et sans doute me scandaliser. Je me demande comment Renaud Camus réussit à écrire au minimum cinq mille pages par an, et sans doute suis-je au-dessous de la vérité, car au-delà du journal il publie trois livres par an, auxquels il faut ajouter les articles de journaux, les éditoriaux sur son site, etc. Le châtelain de Plieux, que l'on pourrait imaginer en retard d'un siècle, est au contraire à l'affût des technologies de pointe, qu'il maîtrise semble-t-il parfaitement. Sa passion obsessionnelle pour l'art contemporain ne l'empêche pas pour autant de vivre heureux dans un château déglingué qui prend l'eau de partout et qu'il faut bien chauffer un peu en dépit des découverts bancaires non autorisés.

Les épisodes de la vie domestique et sociale de Renaud Camus sont les plus fameux de son journal. Il y a du Léautaud dans ces fouillis de papiers administratifs, ces factures impayées, les gens du gaz et des assurances. Renaud est persécuté, mais il finit toujours par trouver quelques arrangements sinon avec le Seigneur, du moins avec ses éditeurs. Il a même réussi à partir en Corée avec Pierre, ce qui n'est pas exactement la destination des RMIstes.

*Morterolles, 8 décembre*

J'avais très envie d'aller cet après-midi jusqu'au petit village de Bersac où se tient ce qu'on appelle ici aussi un marché de Noël. Pour une fois que j'étais décidé à me « bouger un peu », le ciel en a décidé autrement. On sait que la pluie ne me fait pas forcément reculer mais ajoutée au vent, à quelques giboulées de grêle, le tout sous un ciel plombé de gris, la visite aux petits marchands ambulants relevait de l'expédition. Il est quinze heures, il fait nuit dans mon bureau, les petits marchands de rien ont dû replier leurs étals, remballer senteurs, guirlandes, bougies, Père Noël en sucre d'orge et autres colifichets. Dommage. Au contraire de tous ces gens qui vous saoulent avec leur détestation des fêtes, moi sans la faire, sans m'en aller courir les cabarets cotillons et serpentins, j'aime beaucoup ces quinze jours où mon enfance me serre le cœur plus que jamais.

Je crois que le sapin arrive ici lundi, c'est ce qui se murmure dans mon dos pour me faire la surprise. Ne rien changer. J'en aurai connu des plus gais, des sapins de Noël. Et alors ! Je prendrai celui-là, le vingtième dans cette maison où, il y a longtemps, je fus heureux.

*Paris, 17 décembre*

– S'ils veulent que je les marie, je suis d'accord. Avoue que ça aurait quand même de la gueule, non ?

Bertrand D. se réjouit par avance à l'idée que sa copine Carla pourrait lui demander de la marier à « ton copain Sarko ».

C'est la grande affaire du jour, ces fiançailles, et naturellement Bertrand, qui s'est échappé d'une réunion pour venir m'embrasser, est particulièrement en forme. Un an que nous ne nous étions vus, moi retiré dans mes provinces, lui accaparé par la ville.

La première fois qu'il était venu ici, je lui avais fait remarquer que Notre-Dame n'était pas éclairée.

*Paris, 20 décembre*

Peut-être le plus beau jour de cette année atroce, d'abord l'éblouissante lumière sur Paris, un soleil d'hiver haut et frais comme je l'aime, pas de vent, un air frisquet qui revigore. Jean-Christophe et moi, nous avons marché plus de trois heures de la Nation au Luxembourg en prenant des détours. Touriste dans la ville où je suis né, une première. Il fallait l'occasion, avoir le temps et l'envie folle de reprendre contact avec la rue, les gens, le monde qui bouge, les vitrines des magasins. Il fallait que j'aie la tête à ça : flâner le nez en l'air et croire que de nouveau tout redevenait possible.

En souvenir d'un dimanche après-midi, il y a bien longtemps, où Mireille et Emmanuel Berl m'avaient invité à prendre le thé chez Angelina (je n'avais pas vingt ans), j'ai invité à mon tour Jean-Christophe à boire un chocolat dans l'un des salons les plus anciens et les plus courus – j'avais d'ailleurs oublié à quel point –, il y a désormais trop de monde qui vient s'entasser là.

Jean-Christophe a vu, c'est le principal. Depuis son enfance, ce gamin de trente ans est à l'affût de tout, il veut tout savoir et il en sait beaucoup. Il est curieux de la vie, de ses lumières et de ses ombres.

« Celui-là, il n'en rate pas une », disait son grand-père.

Je crois, maintenant qu'il est un homme et que je le vois agir et réagir dans sa vie, qu'il s'en sortira. Je veux dire qu'il ne jouera pas les seconds rôles. Pour le suivre des yeux et du cœur depuis des années qu'il travaille avec moi, je sais sa volonté, son ambition sans arrogance. Il me ressemble. À ce détail près qu'il préfère les filles, il me ressemble. Si 2008 pouvait nous réserver, à lui et moi, beaucoup de 20 décembre comme celui-là !

*Morterolles, 23 décembre*

Julien Gracq est mort, Serge, à qui je viens d'annoncer la mauvaise nouvelle, avait bien raison de se faire du souci.

– J'en étais sûr, me dit-il, jamais il n'avait laissé sans réponse une de mes lettres...

Le voilà rassuré...

Nous étions en voiture, coincés dans les embouteillages du côté de Longjumeau, ce qui n'est pas grave, Serge prend toujours le bon côté des choses et je m'applique désormais à l'imiter.

Combien y a-t-il de lettres de Julien Gracq, et pas seulement de Julien Gracq, sous le lit de Serge T. dans son fourbi de la porte Saint-Denis où il entasse sans ménagement toutes sortes de photos, lettres, documents, dont certains valent de l'or ? Il se moque de l'or, l'argent ne l'intéresse pas. Il est harpagon uniquement avec ses lettres d'écrivains, ses livres signés, son œuvre de photographe ; il les planque. Retrouver une lettre de Violette Leduc par exemple, qu'il fréquenta beaucoup, est une mission impossible, seul un miracle ou le hasard pourrait l'aider.

– Et, pourtant, j'en ai au moins une dizaine...

Quant à Julien Gracq, c'était « un grand écrivain, un immense écrivain, un génie sans pareil... ».

On va finir par le savoir, la radio et la télévision nous rebattent les oreilles avec la même musique convenue. Comme personne ne l'a lu, même pas Serge T. « ou alors il y a si longtemps », ça n'a aucune importance. Personne ne contestera la version officielle. Peut-être est-ce la bonne ? Peut-être faut-il refuser le Goncourt et les honneurs qui vont avec pour entrer dans le cercle des écrivains intouchables ? Peut-être.

Moi, j'ai essayé de lire *Un balcon en forêt*, ces pages sont d'un ennui mortel absolu, mais on ne peut pas le dire sans passer pour un imbécile.

*Morterolles, 25 décembre*

J'espère que personne ne me souhaitera une bonne année, ce vœu pieux mécanique ; je pense aux millions de gens à qui l'on a jeté des confettis sur la tête et mis une goutte de champagne derrière les oreilles et qui sont morts dans l'année.

Je vous souhaite les plus jolies choses de la vie : la santé et l'amour. Voilà les mots simples et banals comme on en lit dans le journal, comme on en dit le soir chez soi, que j'adresse à ceux que j'aime et pas seulement les 1er janvier.

En vérité, tout cela ne sert à rien, c'est parler pour ne rien dire. Arrive, hélas, ce qui doit.

*Morterolles, 26 décembre*

Contrairement à ce que croient beaucoup des gens qui m'écrivent, j'adore ce qu'on appelle « les fêtes », non pas le côté débauche, je ne sais même pas ce que recouvre l'expression « faire la fête », elle sent l'alcool et le désœuvrement. J'aime les guirlandes, les sapins, la neige, l'hiver, les maisons entortillées de rubans lumineux, j'aime les Pères Noël agrippés aux cheminées, je pense à Montréal où toutes les fenêtres restent lumineuses et décorées du 1er décembre au 31 janvier.

En revanche, la cérémonie des vœux me dérange. Pour limiter l'avalanche de cartes qui va s'abattre sur mon bureau, je viens de dicter à Jean-Christophe ces quelques lignes qu'il mettra sur mon site Internet :

« Mes amis,

« Je ne vous présente pas mes meilleurs vœux, ça ne veut rien dire, c'est un usage mécanique... des "bons" sentiments.

« "Bonne année !" Comment le savoir ?

« Je vous souhaite plus simplement les plus belles choses de la vie : la santé et l'amour. Je répète, la santé et l'amour. Le reste n'a aucune importance ou si peu. Merci de me suivre si gentiment, de me lire et de me comprendre si bien.

« À tout de suite, je veux dire le plus tôt possible.

« Je vous embrasse. Embrassez-vous. »

*Morterolles, 27 décembre*

Cette soumission perpétuelle de Violette Leduc à Simone de Beauvoir est un peu lassante, gênante. « Parlez-moi durement », écrit-elle à son idole.

Serge T., qui vient de m'offrir la correspondance de Violette Leduc de 1945 à 1972, est tout fier de me montrer la lettre où son prénom figure, agrémenté d'un renvoi en bas de page précisant qui il est, qui il fut dans les dernières années de vie de l'auteur. Souvent il m'a raconté leurs relations tumultueuses.

Moi aussi, comme les deux adolescents qui lui écrivaient des lettres éperdues, moi aussi j'ai adoré *La Folie en tête*, ce livre magistral, moi aussi j'ai écrit à Violette Leduc sous le coup de l'émotion non pas des lettres éperdues d'amour, mais une lettre d'admirateur. Elle ne m'a jamais répondu.

En feuilletant ce gros volume édité par Gallimard et composé par Carlo Jansiti, on tombe en effet et d'abord sur les lettres énamourées à Simone de Beauvoir. Le moins que l'on puisse dire, c'est que la dame était exaltée. Comment ne pas souffrir mille morts et finir par mourir quand on n'aime que les femmes hétérosexuelles et les hommes homosexuels. Ses passions pour Maurice Sachs, Jacques Guérin, Jean Genet furent dévastatrices. Il nous reste quelques pages de littérature, *La Folie en tête*, on ne saurait mieux dire – ce n'est pas son meilleur livre par hasard. Mais avec qui couchait-elle ? Serge T. lève les bras au ciel quand je lui pose la question : « Quand je l'ai connue, elle ne couchait plus avec personne, moi elle ne m'a jamais fait d'avances. Elle avait aimé dans sa jeunesse un genre de "marlou", comme on disait à l'époque... »

*Morterolles, 31 décembre*

L'affreuse année s'achève enfin, que nous vaudra la prochaine ? Bien malin qui peut le dire... certainement pas moi. Je laisse aux voyantes et aux diseuses de bonne aventure leurs prévisions mirobolantes. Nous verrons bien. J'espère seulement que mon pessimisme sera pris en défaut.

Nous irons dîner ce soir au Versailles, la brasserie chic de Limoges, avec Serge, un ami Pierre arrivé de Paris ce matin, et j'ai invité la Baronne et son mari à nous rejoindre. Ce sera simple et gentil. Je boirai une coupe de champagne.

Vingt heures. Dernière minute. Un fax de Paucard qu'il intitule « la bonne nouvelle du jour » m'offre du même coup une occasion de sourire : « Monsieur Buren préfère qu'on détruise ses colonnes plutôt que de les laisser sans réparations. »

Une bonne nouvelle, en effet.

*Morterolles, 3 janvier 2008*

Tarzan, le cheval adoré de Stéphane, couché dans son pré, ne pouvait plus se relever. Je dormais, les jardiniers ont appelé le vétérinaire qui lui a fait une piqûre. Mon beau-frère a laissé le soin à ma sœur Jacqueline de me l'annoncer. Tarzan avait bientôt trente ans.

*Morterolles, 4 janvier*

Un sondage du *Figaro* nous informe que 70 % des jeunes Français sont déprimés.

Je fais partie des jeunes Français.

Stéphane aurait quarante-cinq ans aujourd'hui. J'ai dû m'y reprendre à deux fois en comptant sur mes doigts pour tomber sur ce chiffre-là qui est le bon et me fait mal... Quarante-cinq ans ! Comme il serait beau encore, même avec des cheveux blancs.

*Morterolles, 5 janvier*

On reconnaît l'encre verte et l'écriture large et déliée. Les vœux d'Alain Delon, une double carte très élégante comme lui. « Mon Pascal », écrit-il, et bien sûr je suis touché de cela. Un choc quand même, la splendide photo en noir et blanc qui illustre ces vœux affectueux. À leurs sourires, on devine que c'était un jour joyeux, il y a environ quarante ans. Au festival de Cannes ? Delon, dans sa splendeur, en smoking, et groupés autour de lui : Jean-Claude Brialy, Sacha Distel, Jean-Pierre Cassel. Terrible ! la violence du temps qui passe. Delon, le dernier des Mousquetaires. La fin d'un monde. Le nôtre.

*Paris, île Saint-Louis, 13 mai*

*Pascal Sevran est mort le 9 mai à 10 h 30 à l'hôpital de Limoges. Le 13 mai, en l'église Saint-Louis-en-l'Île, Philippe Besson prononce le texte suivant :*

J'attends le coup de fil de Pascal. C'est un rituel depuis six ans. Sur le coup de midi, Pascal appelle. Il dit : « C'est moi. » Et, à ces simples mots, je sais son humeur du jour, joyeuse, ironique, castagneuse, maussade. Il dit : « Je suis à mon bureau. Je regarde la brume sur l'étang. » Je connais par cœur les étangs de Morterolles, leur placidité. Nous avons marché plus d'une fois dans leurs alentours. Nous avons emprunté souvent les chemins de terre qui longent les jardins impeccables et serpentent au creux des sous-bois où tout est en ordre, toujours. Il dit : « Christiane est en bas. » Elle s'affaire, discrète, efficace. Pascal aime quand les choses tournent rond, quand la maison est rangée et silencieuse. Il dit : « J'écris. Je crois que tu aimeras ce que j'écris. » A-t-il jeté un peu de fiel sur les malotrus, un peu de tendresse sur des garçons de passage, un peu de pluie sur la place de l'église, un peu de mélancolie sur la tombe de Stéphane à Saint-Pardoux ? Je le saurai bientôt. Il me fera la lecture. Je sourirai de sa verve, de ses emportements, des emballements de son cœur, des soubresauts de sa mémoire. Pascal écrit, au premier étage de la maison de Morterolles, en contemplant les étangs. Alors, tout est bien. Il ne peut rien arriver. Nous avons vécu longtemps en pensant que rien ne pouvait arriver.

Il dit : « Je serai bientôt à Paris. » Et, déjà, j'imagine les farandoles du quai d'Orléans, quand les proches sont enfin réunis et qu'on s'amuse à refaire le monde en sachant pertinemment que cela ne sert à rien. Il y aura là un ancien ministre socialiste, une chanteuse douce ayant trouvé son salut dans des exils, le journaliste d'un magazine à gros tirage, un attaché parlementaire de droite, un vieil écrivain bougon, un animateur de télévision, des femmes de tête et des hommes sensibles, son monde quand il revient dans le monde. Une autre fois, on croisera son ami le plus cher qui se trouve être maire de Paris, un propriétaire de club de rugby, le frère d'une idole partie trop tôt, et ceux-là parleront du bon temps, celui de la jeunesse et des chansons, celui de Montmartre et de l'amitié, un temps que je n'ai pas connu et qui a toujours eu, pour moi, le parfum du bonheur enfui.

Pascal sera bientôt à Paris. Nous dînerons chez Lipp, où il obtient, sans jamais la demander, la table du président, là, dans le coin, parce que la fidélité n'est pas un vain mot. Ou à La Closerie des Lilas. Ou dans des restaurants dont les nappes sont à carreaux rouges, les serveurs habillés de noir et blanc, où la bonne franquette n'empêche pas de bien se tenir. On glissera des glaçons dans les verres de vin blanc et on s'agacera des dernières inventions de ceux qui se prétendent modernes uniquement parce qu'ils ont terrassé leurs aînés. L'ivresse aidant, on convoquera quelques souvenirs affriolants, où il sera question de chanteuses de beuglants, de militaires en goguette, d'alcôves et du festin des princes. Oui, vivement que Pascal rentre à Paris. Ses retraites solitaires dans le Limousin durent trop longtemps, quelquefois. La dernière aura été interminable.

J'attends le coup de téléphone de Pascal. Je crois que le fil de notre amitié ne se brisera jamais, qu'il y aura toujours entre nous des éclats de rire, des aveux murmurés, des secrets bien gardés, et tous ces mots idiots et doux qui témoignent d'un attachement. Je crois que rien, pas même une maladie au nom de signe du zodiaque, ne mettra en péril ce qui nous unit. Je crois que nous sommes éternels, parce que nous avons survécu à des désastres, parce que nous écrivons des livres, parce que la vie est la plus forte.

Pourtant, Pascal n'appellera pas aujourd'hui.

Pascal n'appellera pas les autres jours non plus.

Et, pour le temps qui reste, nous devrons apprendre à nous débrouiller avec son silence. Son absence.

*Du même auteur*
*aux éditions Albin Michel :*

LE PASSÉ SUPPLÉMENTAIRE
Prix Roger-Nimier, 1979

VICHY-DANCING

UN GARÇON DE FRANCE

SOUVENIRS PARTICULIERS

TOUS LES BONHEURS SONT PROVISOIRES

JE ME SOUVIENS AUSSI

MITTERRAND, LES AUTRES JOURS

JOURNAL :
1. La Vie sans lui
2. Des lendemains de fêtes
3. On dirait qu'il va neiger
4. Lentement, place de l'église
5. On s'ennuyait le dimanche
6. Il pleut, embrasse-moi
7. Le Privilège des jonquilles
8. La Mélancolie des fanfares

Composition réalisée par NORD COMPO

Achevé d'imprimer en décembre 2009 en Espagne par
LITOGRAFIA ROSÉS S.A.
08850 Gavá
Dépôt légal 1re publication : janvier 2010
LIBRAIRIE GÉNÉRALE FRANÇAISE – 31, rue de Fleurus – 75278 Paris Cedex 06

31/3438/4